麦克米伦世纪童书

**麦克米伦世纪** 全称北京麦克米伦世纪咨询服务有限公司，由全球知名国际性出版机构麦克米伦出版集团和二十一世纪出版社集团共同注资成立。

北京麦克米伦世纪咨询服务有限公司
北京市朝阳区光华路 SOHO2B 座 1206
邮编：100020　　电话：17200314824
新浪官方微博：@麦克米伦世纪出版

# PHOENIX RISING

# 妮尔的天空

[美]凯伦·海瑟 著

齐婉婷 译

二十一世纪出版社集团

献给经历过三里岛核泄漏事故的孩子
献给经历过切尔诺贝利核电站事故的孩子
献给所有经历过核事故的孩子

我猛地向前甩动胳膊,朝小树林方向扔了块石头。小石头贴着瑞普雷·鲍尔斯家的狗——泰若斯的身子,落在它面前。距离掌握得很好,我并不想伤到那条狗,只不过想赶跑它。

"快回去!"我透过纱布口罩叫喊道。这东西裹在我脸上差不多有一个礼拜了。我冲那条狗晃一晃拳头:"回家去!泰若斯!"

泰若斯吠叫着跑进了树林,它的尖叫声穿透十一月干冷的空气,回荡在山谷中。

牧场的另一边，小羊们聚成一团，挤在牧场前的一个角落里，除了那只孤零零地躺在冰冷地面上的小羊。我的眼睛一眨不眨地望向地上那只羊，期待它还有一丝挣扎求生的迹象，但它毫无动静。

"该死的狗！"我皱着眉，抬起手臂把头发捋到脑后。

"都怪瑞普雷，没拴好泰若斯，让它乱跑！"站在一旁的蒙茜说。

只要逮着机会，瑞普雷家的狗就会挣脱绳子到处乱跑。就算它不在我家牧场里撒野，也会去别处惹是生非。有一次，瑞德·杰克逊竟然一路找到库克郡才找到了它，从这里一直向南翻山越岭，跋涉了四十英里[①]。那时，库克郡还存在。

蒙茜把背包扔在我的背包旁边，跟在我后面，一同穿过荒凉的十一月的草地。她的腿短而弯曲，在这块土地上艰难前行。

凭借一双长腿，我跨过带电围栏，来到小母羊们中间。蒙茜仍留在牧场外面。

当我走近那头躺在地上的小母羊时，那群小羊挤得更紧了，惊恐地朝围栏远处涌动。羊儿们的呼吸加

---

① 1 英里约合 1.61 千米。

快了,呼出的水汽形成一朵云,盘旋在羊群上方。

　　我跪在地上,看着面前浑身是血的小母羊,内心一时无法平静。这些天来,我最怕的就是核辐射,每个人都怕核辐射!但是,多年的牧场生活经验告诉我,并不是核辐射杀死了这只羊。它的尾部、喉咙均被撕裂,内脏也暴露在外。一股愤怒涌上我心头,口罩也伴着急促的呼吸起伏。

　　我们昨天才把这些羊从羊圈里放出来,尽管库克郡那边的核辐射仍然在外泄。

　　因为担心羊群受到辐射,之前我们一直把它们关在羊圈里,却从没想过放出来后会遭到恶狗的偷袭。

　　"妮尔,"蒙茜问,"那只羊死了吗?"

　　"嗯。"

　　"谁干的?"

　　与我对核辐射的担心相比,蒙茜·哈里斯和她的家人对辐射的担心简直超乎寻常,犹如惊弓之鸟。从上个礼拜开始,我们就一直关注着收音机里的报道。虽然播音员们一再宣称我们是安全的,我们也情愿相信他们,但哈里斯一家还是害怕得不得了。他们尤其担心蒙茜,因为她的个子太矮小了。

　　"泰若斯干的,"我告诉蒙茜,"只会是它!"

　　转身离开"凶案"现场,我望着远处鲍尔斯家的牧场，握紧了拳头。

瑞普雷的身影还未出现，他吼叫他们家狗的声音先传了过来。他就知道吼，仿佛吼叫是他说话的唯一方式。

吼声未落，瑞普雷就从树林里钻了出来。他个头儿很高大，不像是一个十五岁的男孩儿。他两腿分开，站在杂草丛生的田埂上。那是他家的地畔。泰若斯在他脚边摇着尾巴，尖尖的嘴巴和鼻子上还带着血迹。

瑞普雷把他的防辐射口罩顶在脑门儿上——他是我所认识的唯一一个不情愿整天戴着口罩的人。他将胳膊交叉抱在胸前，望着我和蒙茜。"泰若斯弄死了你家一只羊？"他傲慢地朝我们喊道。

"废话！"

"你干吗不再弄条警卫犬啊？"

"你干吗不拴好你的狗呢？"我搭在胯骨上的手不由得捏紧了。

瑞普雷在路那边瞪着我。即便隔着这么远的距离，我仍能清楚地看到他那只有毛病的眼睛耷拉着眼皮。他伸出手，抓挠着被口罩带子勒着的后脖颈儿。

"真希望那口罩能憋死他。"我低声咕噜着，"我发誓，我真想！"

"妮尔！"蒙茜的声音让我冷静下来。

蒙茜没错。一个十三岁的小女孩儿，就算能耐再大，也不可能打得过瑞普雷·鲍尔斯这样的人物——他太高太壮了！

可是我真的忍不住，看着他那副嘴脸，就觉得血直往脑门儿上涌。

瑞普雷往前迈了半步，扯掉口罩，扔到斜坡下的路上。

看来他还真想打一架了！我赶紧吹响口哨，召唤我的狗凯勒布。凯勒布是一条边境牧羊犬，个头儿不高，一身黑白相间的光滑皮毛，跑得却很快。眼前瑞普雷的架势不禁让我担心，如果有凯勒布在跟前，我心里可能会踏实些。可是它没有应声出现，大概是和外婆一起待在屋里了吧。

此时此刻，我的身边只有蒙茜。十一月的阳光乏力地照在她稻草般金黄的头发上，就像照在菜地里的卷心菜上一样。短腿蒙茜就那样站着。透过防护口罩，我甚至能听见她重重的呼吸声。

"别管瑞普雷了。"她说，"你应该赶紧告诉你外婆死了一只母羊，她会立刻给瑞德·杰克逊打电话的。"

每年的全镇集会上,北哈佛山的居民都会选瑞德·杰克逊做镇长。就是他,在事故发生后,给大家伙儿弄来了辐射探测器和防护口罩。

每当有羊意外死亡,瑞德都会来现场勘查一番。如果羊是被狗而不是被土狼咬死的,就会由公家出钱赔偿牧民的损失。一般来讲,只有狗才会撕咬羊的尾部,而土狼则会钳咬喉咙。细察这次死羊的情形和泰若斯脸上的血迹,这条狗肯定难脱干系。

我转身大步跨过围栏,出了牧场,回到蒙茜跟前。瑞普雷阴沉着脸。

"嘿!蒙小胖,你的脑子最近有长进了吗?是不是多亏有这点儿核辐射,你反而能变得正常点儿啊?"

我怒不可遏地朝瑞普雷冲过去,可蒙茜把我拉了回来。

"二加二等于几啊,蒙小胖?"瑞普雷接着喊道。

站在坑坑洼洼的草地上,蒙茜挪了挪位置,但一直紧紧地抓着我。当我猛地甩开手臂时,一不提防,她站立不稳向后跌倒在带电围栏上。她的手臂擦过滚烫的电线,突然的刺痛几乎让她跳起来。

瑞普雷一边大笑,一边指着蒙茜:"妮尔·萨姆纳,你说你干吗要跟那个小矮人混呢?"

他的腔调阴阳怪气,这句话听起来尤其刺耳。

我忍住没搭理他。

"你还好吧?"我问蒙茜。

蒙茜的右臂紧紧地贴在胸前,淡蓝色的眼睛里噙满泪水。透过眼镜,那双眼睛显得更大了。

"我要杀了他!就这样冲过去杀了他!"我转身看着瑞普雷。

"不要这样,妮尔。"蒙茜走近我,小声说道。她抱着受伤的手臂。

瑞普雷仰头吐了一大口痰,那团东西在空中画了个弧线,最后落在我们中间的那条土路上。我又往前迈了一步,蒙茜立刻伸出左手,想把我往回拉。

就在这时,瑞普雷的狗似乎闻到后面的小树林里散发出某种味道。它抬起头,开始狂吠起来,然后迅速跑进林子,消失了。瑞普雷一边大声叫唤着,企图把泰若斯唤回来,一边踉踉跄跄地跟在后面追。

我感到一股怒气直冲头顶,就像喷发的泉水那样难以阻挡。我大踏步往前走,想穿过那条土路。

"算了吧,妮尔。"蒙茜跌跌撞撞地跟在我的后面,两条短腿在高低不平的斜坡上费力地挪动着。"你打不过瑞普雷,妮尔。没人能打得过他,算了吧。"

我猛地回过身来:"我能……"

"他十五岁了！体重是你的两倍。而且，他是男孩儿。"

"我能打得过他！"

我停了下来，捡起几分钟前扔在路上的背包，目光仍盯在瑞普雷和他的狗刚才待过的地方。

"加上今天这只，那条恶狗在一年之内害得我们失去了六只羊！"我拍了拍背包上的土。

"还好，它今天只害死了一只。"蒙茜说。

去年五月，瑞普雷的狗在一夜之间就咬死了我家五只羊。那时，家里的牧羊犬勃智刚死。

"泰若斯不会再伤害你的羊了，"蒙茜说，"瑞德·杰克逊会管好它的。妮尔，我们回家吧。"

回家的路是一条陡峭的上坡路。路的一边是牧场，另一边则是瑞普雷家的树林子。我有意放慢脚步，好跟蒙茜并肩同行。一路上，我俩谁也无心理谁。她走得有些气喘吁吁的。

在我家那条岔路口，我俩停下了脚步。蒙茜大口大口地喘着气，胸口起伏得厉害。

"你……要来……我家……做功课吗？"我通常会在干完家务后去蒙茜家，和她一起做功课。可是今天我得先帮外婆把那只羊给埋了。该死的泰若斯！

"我不知道今天能不能来，也许来不了。"

"妮尔,"蒙茜有些着急,"不管你做什么,别去惹瑞普雷。"

"我才不怕他呢。"其实我现在已经冷静一些了。

"你不用每天都跟我在一起,"蒙茜说着,声音低了下去,"如果我给你添麻烦的话。"

我喜欢蒙茜,从来没人真正去了解过她。他们只看到了她的大脑袋、短胳膊和短腿,就以为了解了她的一切。有时候,人们对她的态度真的很不友好,就像瑞普雷那样。可我从来没听她抱怨过,即使她经常真的很受伤。

"我真不明白,你怎么能忍受瑞普雷那样的侮辱。"我说。

眼镜后面那双浅蓝色的大眼睛垂了下来:"我能受得了。"

时值秋末,零零星星的羊群点缀着这片起起伏伏的田野。峡谷两侧的山峦看上去很柔和。

"瑞普雷不能限制我跟谁交朋友。"我说,"我有我自己的朋友,这跟他一分钱的关系都没有。"

蒙茜点点头。

休息了一阵子,她继续往山上走。她的父母租下了外婆的一处房子,那房子就在牧场后面的高地上,一片小树林的边上。

等她向我招手示意到家后,我才转身朝自家门口奔去——得赶紧告诉外婆那只羊的事啊。

但经过屋角时,我站住了。

哪里不对劲儿!

是窗帘!后面那间卧室的窗帘被拉上了。

我们从来没有拉上过那里的窗帘,即使在事故发生后,也就是上个礼拜,整整七天都没拉上过。我们把整幢房子的门窗都关了,大部分时间都待在地窖里,但就是没拉上过那里的窗帘。

我每天都要经过这间卧室十多次,窗帘一直都是打开的。可现在它竟然被拉上了。这幅又厚又沉的帘子是脏兮兮的绿色,就像一块碰伤了好几天的淤青。

我家这幢房子的那间卧室里仿佛住着死神。我六岁时,妈妈死在那儿;两年前,外公也死在那儿。我恨那间卧室!

从那扇窗子前走开,我去柴棚里捡了些木柴装进柴篓里,便背着柴篓,沿着车道往厨房走去。我用胳膊肘敲了敲门,外婆并没有像平时那样过来开门。

我等了一会儿,又敲了一下。

没人应答。我只好卸下柴篓,腾出手来拧开门把手,打开厨房门。

## 2

我拖着重重的柴篓走到燃木炉旁,把木柴倒进装柴火的箱子里。木柴发出像保龄球碰撞般的声音,并腾起一片灰尘。有几块小的木柴落在了箱子外的油毡地上,被我踢了回去。我穿着厚靴子呢。

"外婆?"我拿起放在餐桌上的辐射探测器,开始对整个房间进行地毯式检查。数据没有变化,整个礼拜基本一样。核泄漏事故已经发生八天了,室内测出的数据一直保持着这个水平。

我拿下口罩,把它挂在炉子上方的挂钩上。佩里校长说过，只要风一直这样吹下去，就能把辐射吹走，我们只需外出时戴上口罩，在家就不用戴了。当然了，蒙茜的妈妈可不准她这样，她必须随时都戴着。

"外婆！"我的目光穿过走廊看向外婆的卧室。她的收音机还开着，声音很小。事故发生后，外婆的收音机就一直开着，因为我们随时需要关注后续报道。

平时外婆总会做好点心等着我，看着我吃完，然后再一起干家务活儿。每当这个时候，我的凯勒布就会躺在炉子边睡觉，我的猫——黑白毛色的贝雷，会蜷在离炉子最近的那把椅子里。可是今天，他们全都不见了！

"凯勒布！贝雷！外婆！"我连声大喊着，同时脑海中浮现出那幅被拉上的卧室窗帘。我努力掩饰着自己的焦虑。

冰箱里就剩下半锅油腻的冷汤，引不起我的食欲。

"外婆！凯勒布！"

走廊里有动静，轻轻地，有东西从后面那间卧室朝我走来。

原来是凯勒布。它窜进了厨房，爪子落在油毡地上，发出"嗒嗒"的响声。凯勒布绕过餐桌，跑到我身边，伸出鼻子嗅我的手。

"你去哪儿了，小伙子？"我问，"那边有什么呀？"

凯勒布把爪子搭在我的腿上，伸长脑袋。

"想让我给你挠痒痒？"

它紧紧依偎着我，尾巴竖起来，不停地摇晃着。我刚停住手，它就立刻跳了下去，又向走廊那边跑去。毛茸茸的尾巴在身后摇摆着。

"外婆？"我又喊了一声。

我想跟着凯勒布穿过大厅去看个究竟，但还是忍住了。那间卧室对我而言，有着太多可怕的回忆。它就像是一个张着大嘴的黑洞，让人不敢靠近，尤其是现在窗帘还被拉上了。

整幢房子弥漫着一股大锅烩菜的味道。平时，这种味道总会让我觉得很饿。天一冷，外婆的菜单上就只剩下大杂烩，有时会放在炉子上炖一整天。

揭开小铁锅的盖儿，一股浓浓的肉香味儿扑鼻而来。锅盖上的水蒸气滴落在滚烫的炉灶上，发出"咝咝"的声音。我拿起外婆的蓝色汤勺搅了搅，锅里炖着土豆、洋葱和胡萝卜。

火还得再烧旺一些。我打开炉门，用火钳拨了拨里面的柴火，又从装柴火的箱子里捡了几块小的，塞了进去。

"妮尔。"

外婆的声音从身后传来,我甚至都没听见她的脚步声。

听见外婆的声音,我悬着的心终于落了地。我怕外婆看出我的胆小害怕,故意在炉子前多蹲了一会儿。

终于,我起身转向外婆说:"泰若斯在牧场那头咬死了一只小羊。"

"这该死的狗,"外婆说,"我要给瑞德打电话说说这事。你快上楼把东西放好再下来。""干吗?"

"你下来我再告诉你。"

"不嘛,现在就告诉我嘛。"

外婆定定地站在我面前说:"我们得接待那些从事故中心转移出来的人们,让他们住在这儿。"

我和外婆几天前就讨论过这件事。

"我以为我们说好了不接待的。"

"我改变主意了。"外婆说。

可是,我没改变主意啊。

"那他们住哪儿?"我问,"后面那间卧室?"

外婆点点头,拿起了电话。

上楼时,我的心跳加快,心脏仿佛要跳到嗓子眼儿里。我走进自己的房间,从肩膀上脱掉背包,放在窗台上。

打开收音机时,我听见外婆在楼下打电话。希望能接通瑞德·杰克逊。事故发生后,电话连线就特别慢,所以我们通常只在发生紧急情况时才会打电话。

贝雷在床中央睡着了,发出轻轻的鼾声。我拽过被子,把它揽到怀里,轻轻地挠着它的下巴。它斜仰起头,两眼放光,满足地发出"咕噜咕噜"的声音。看它如此享受的样子,我的心中泛起一丝温暖。

我坐在床边听着广播,贝雷躺在我的腿上。其实也没什么新闻,可我觉得必须得听。

北哈佛山探测到的辐射量属于正常范围,但以东二十英里的地方探测到的数字却在飙升。梅姑妈和雷米姑父养的羊全都生病了,我的小表妹贝姗妮也病了。

这时,传来外婆上楼的脚步声。

"我正要下来。"我说。

我的房间在二层的阁楼上,室内铺着木地板。外婆走进来坐在窗台上,那双褐色的眼睛一直注视着我的脸。

我们一起听着广播。贝雷发出"咕噜咕噜"的声音,不断地舔着我的食指。我觉得它把我的手指当成了食物。它还时不时咬我一口，不过很轻，不会咬破皮。

外婆边听新闻，边用手整理着她的发网。

我看着她，她就那样坐在窗台上，圆圆的脸上满是皱纹，跟一颗核桃似的。这时，床头柜上的收音机发出"刺啦刺啦"的杂音，从靠近辐射扩散区上空的监测直升机上发来一条报道。

"这一切会结束吗？"我问。新闻播完了，现在是音乐时间。

外婆摇了摇头："离结束还早着呢。"

"外婆，你是不是也很生气？气得眼睛都发红了。"

"妮尔，你生气是因为这次事故？"

我点了点头："嗯，还有别的事情。"

"生那样的气对你不好。"

我关了收音机："我知道。"

"别想太多了，妮尔。下楼去吃点儿东西吧。"

我把贝雷轻轻放回被子里，摸了摸它黑白色的毛。外婆走在前面，我们一起下楼。

她走得很慢，楼梯上昏暗的灯光投下长长的阴影，让人看不清脚下的台阶，不知道什么时候该抬脚，什么时候该落脚。外婆扶着破旧的楼梯扶手，一步一个台阶地往下走。

对我来说,下楼太简单了,闭着眼睛都能走。每一级阶梯,还有触摸墙面的感觉,都深深刻在了我心里。

到了厨房,外婆给我切了块苹果派和一角奶酪,用一个有棕色圆点的瓷盘装好,推到了我面前。

"你边吃边听我说吧。"外婆的声音有些沙哑。

我看了看走廊:"凯勒布还在那边吗?"

外婆催促我:"快吃吧,妮尔。"

我把叉子刺进苹果派厚厚的酥皮,叉到一块果肉,一股清新的肉桂香扑鼻而来。

"有两个人会在我们家小住一段时间,"外婆说,"我今天把他们从医院接了回来。他们是本地人,家住库克郡南部。女的叫米丽娅姆·特伦特,她儿子叫埃兹拉。"

我又拿了一块苹果派。

"他们的经历很惨,"外婆接着讲道,"家离核电站很近,出事的那天晚上,她丈夫接了一个电话,就去了核电站。没多久,警报就响了起来,她儿子为了找爸爸,受到了严重的核辐射。"

"外婆,我不想知道这些。"我说。

外婆接着讲下去:"那个小男孩儿现在稍微好些了,之前病得很重,但医生说他还会复发。"

"我们会被传染吗?"

"不会的,他的病和你表妹贝姗妮的一样,不会传染给别人。"

"要是他病得很重,干吗不让他留在医院呢?"我觉得如果待在医院,没准儿他还能活下去。

"医院里现在已经人满为患了,"外婆说,"梅姑妈也不得不把贝姗妮接回家。你不是都听广播里讲了吗?"

我点点头,把苹果派切成小块,却突然觉得没什么胃口了。北哈佛山因为没有接通光缆,我们都没有电视可看。索贝尔先生——我的科学老师,总是事先把节目录下来,然后在学校里放给我们看。

"那个男孩儿的爸爸在五天前去世了,"外婆说,"他曾是核电站的一个大人物,但是核辐射害死了他。"

至少,他没死在我的家里。

外婆又说:"事故发生后的第二天早上,母子两人和其他人一起被转移了出来。"

我不想再吃了,开始玩起了叉子,把盘子里剩下的苹果派一点儿一点儿压扁。

"母子俩先是被送到了安东尼山区,住进了急救站,随后又被送往医院。埃兹拉,那个小男孩儿,因为极度受惊病得很重。但他也很固执。他妈妈说，他坚持守在爸爸身边，直到自己也开始发烧。"

听到这里，我放下了叉子。

我突然想起了我的爸爸。妈妈生病后，爸爸就离开了我们。他说他离开是因为太爱妈妈，无法承受亲眼看着她死去的痛苦，于是就把我们母女抛给了外公外婆。

我想他一定不怎么爱我，否则他会留下来的，因为我又不会在他面前死去。

爸爸是离开我的第一个亲人，但他远不是最后一个。我不再回忆跟他有关的事情了，我一直不愿意去想他。

"可是我们怎么能同时照顾好牧场和那个生病的男孩儿呢？"我问外婆。我觉得那男孩儿肯定会死，就像春天里死的那几只母羊，他逃脱不了死神的魔爪。

"可是他们母子没地方可去了，"外婆说，"没有家，也没有钱。他们把所有的一切都留在了库克郡。所有的东西，妮尔。很多人都害怕接近他们，怕他们身上有辐射。"

我的指尖追逐着散落在桌面的酥皮，心想，蒙茜和她爸妈也会害怕吧。

"特伦特太太没有生病,她可以照顾她的儿子吃药。"外婆说,"可是除了这点,她儿子还需要很多方面的照顾。"

"他多大了?"我问。

"十五岁吧,我猜的。"

我仿佛坠入一片黑暗之中。他才十五岁,比我大两岁而已,居然就快走到人生的尽头,而且是在那间卧室里。

外婆靠着椅背,凝神仰望,似乎在研究厨房屋顶上的那张蜘蛛网。

"为什么会发生这样的事?"我问。

外婆收回视线,看着我说:"很多人都想问同样的问题。"

"外婆,我真的不擅长交朋友,"我说,"尤其是跟男孩子交朋友。"

我不想再回到那间卧室里:"不能让他们待在别的房间吗?"

外婆看看四周:"还能待在哪儿呢?客厅?太冷啊。他们得待在暖和的地方,还要靠近浴室。"

外婆起身离开餐桌,后脑勺儿发网里的发髻有些松散。她把我没动过的奶酪放进了冰箱,被我弄得惨不忍睹的苹果派则被扔进了水池边的垃圾桶里。

外婆站在窗边向外望去。蒙茜一家就住在牧场后面的山上。外婆声音低沉地说着话,我得往前挪挪椅子才能听清。

"我知道你不想掺和这些事。但是,妮尔,要知道,有时候人不得不做些自己并不愿意做的事情。"

"可是,我不想跟一个快死的男孩儿交朋友。"

"他现在还活着呀。"

"要是他住进那间卧室,就会死的。"

"妮尔,"外婆苦口婆心,"就算有些人活不了多长时间,但在他们活着的时候,能陪伴他们,也是一件好事啊。尤其是他们剩下的时间不多了,你会觉得自己对他们而言是有价值的。"

"凯勒布在那儿待了一下午吗?"我问,"就在那间卧室里,跟他们待在一起?"

外婆点点头:"它就像守护迷路的羊群一样,守护着那母子俩。"

"很好,"我说,"那就让凯勒布去陪伴他们吧。"

"凯勒布真是条好狗,但它不可能替我们做所有的事情。"外婆说。

"我明白。"

一辆卡车开上了家门前的车道,在厨房门边停下来。刹车发出刺耳的声音。

"应该是瑞德到了。"外婆穿上外套和靴子。

我也迅速套上外衣,摘下挂在墙上的口罩,跟在外婆身后。

外婆也戴上口罩,领着我出了门。

## 3

　　收音机在床头柜上轻轻唱着,我坐在黑黑的房间里,脑海中不断浮现科学课的情景。事故发生后,我们今天第一次上了全天的课。索贝尔先生没有照本宣科,而是讲了一堆关于核能的知识。

　　如果科学只是一门学科,只出现在教材里,而不是像现在这样离我的生活如此之近,也许我会更喜欢这门课——只要你按照老师的要求做了预习,就能轻松地回答出每篇课文后面列出的五个问题。

　　可是,上周的那场事故所引发的问题让人害怕,也找不到答案。

如今，不论我愿不愿意，我的生活已经被卷进了这场事故。表妹贝姗妮病了，姑妈和姑父家的牧场也完蛋了。现在，还有住进后面那间卧室里的那对母子。

外婆说过："有时候人不得不做自己不愿意做的事情。"是啊，当瑞普雷辱骂蒙茜时，我不得不听着；我的母羊死了，我也不得不在冰冷的土地上，掘出一方墓穴来埋葬它。

索贝尔先生说，放射性垃圾哪怕历经千年，也会对植物和动物造成致命的伤害。放射性粒子可以通过空气、水和土壤传播。二战以来，我们的政府和一些工业部门，就在不断地制造这些致命的垃圾，但时至今日，他们也没办法对其进行安全的管理。现在又出了库克郡核电站泄漏事故，就会有更多放射性污染物。

我想起了楼下那个男孩儿，埃兹拉。我从口袋里掏出防护口罩，粗糙的手指勾住了口罩上细细的纱布。我从手指间摘下细纱条，不禁开始怀疑，这么一层薄薄的东西，真的能保护我的生命吗？辐射，你看不见、嗅不到，甚至摸不着，一个口罩就能抵挡住它吗？事情真会如此简单？

贝雷轻轻地跳上楼梯。我打了两个响舌，它躬身跳起来，来到窗边，然后爬到我的腿上，面对我的肚子蜷缩成一团。

我不知道自己多长时间没有上过厕所了。至少，从学校回来以后就没去过。我推了推贝雷，它正好压着我的膀胱。厕所在楼下，和那间卧室刚好隔了道走廊。

我试着换了个更舒服点儿的坐姿。"也许大家会一直戴着口罩生活吧，"我对贝雷说，"永远戴下去，还得穿上特殊的防护服。牲畜也得戴上口罩。"我把口罩套在贝雷的头上，它瞪大了琥珀色的眼睛，白色的尾巴尖扭动了一下。

你没办法给猫戴上口罩，也不可能给羊戴上。羊戴上还怎么吃草呢？或者应该说，还有什么食物能给羊吃呢？污染区的动物都活不了，它们要么饿死，要么因为吃了被核辐射污染过的草，喝了被污染过的水而病死。

想到一个被核辐射污染的世界，我感到非常害怕。

要是地球上所有物种都灭绝了，就剩下人类，又会怎样呢？人们把自己裹在特制的太空服里，吃着人造食品。人和人之间禁止身体接触，就算他们再怎么想也不行，因为害怕被辐射。这样的生活，人类又能忍受多久呢？

我有点儿憋不住了，必须得去一趟厕所，可是外面又太冷了。

我悄悄地下了楼。厨房门关着，里面没开灯，受了潮的木头在火炉里燃烧着，发出"噼噼啪啪"的响声，炉子上正烧着一壶水。我伸长脖子看了看，外婆的房门关着，没有灯光，隐约能听到收音机的声音。事故发生以后，外婆睡觉都开着收音机。

我轻轻地走过不平整的油毡地，直奔厕所。

从厕所出来时，我发现那间卧室的门竟然大开着！在我的记忆中，外公去世以后，这还是头一回！

我停下了脚步，站在走廊中间。

凯勒布还在那儿守着，很警觉。

我来到卧室门边，俯下身子，摸了摸它光滑的皮毛。凯勒布转过头来，轻轻地蹭着我的腿。卧室里十分安静，我鼓起勇气，朝里面瞄了一眼。

厕所里的灯光照亮了大厅，在金绿相间的暗色壁纸上，投下长长的阴影。卧室里放着一张折叠床，床上躺着一个女人——应该是那位妈妈吧，特伦特太太。她侧躺在床上，看上去很瘦，肩上搭着一条毯子。她的儿子，那个奄奄一息的男孩儿，就躺在她旁边的那张床上。他长着黑黑的鬓发，眼睛一直盯着天花板。

我愣在门口，心怦怦地跳着。其实，我也没预想过会看到什么，可是那一幕，那个了无生气的男孩儿，让我久久不能平静。

我想起了外婆说过的话，在医院里，埃兹拉一直守候在爸爸的病床边。他爸爸是核电站的大人物。

我轻柔地抚摸着凯勒布的脖子，突然觉得自己反而倒像个外人，偷偷摸摸地蹲在门口，盯着别人看。可是，我迈不开腿。

我有点儿后悔了，干吗要穿过大厅到这边来啊？干吗不上完厕所就直接上楼，回自己的房间呢？

是因为我想知道那个男孩儿长什么样吧，这就是原因。我想在他死之前，看看他的脸。

因为一直蹲在地上，我的腿开始酸痛，双脚也有些发麻，得起来活动活动。

不知道是不是因为我起身时发出的响声，那个男孩儿缓缓地侧过脸来，眼睛直勾勾地望向我。

凯勒布也站起来，靠在我腿边。我的狗跟我站在一起，给了我些许安慰。我恨不得双脚立刻就能恢复知觉，马上离开那个地方。可是，我只是傻傻地站在那儿，一动不动，仿佛被埃兹拉的目光施了咒语。一阵麻麻的针刺感，慢慢从脚底窜上来。

腿脚总算恢复知觉了,尽管还有点儿麻酥酥的。我转身往回走。

一个声音轻轻说:"我也养过一条狗。"是埃兹拉。

我在走廊里等了一会儿,心跳得厉害,可埃兹拉没有再说什么。

当我走到厨房旁的楼梯边时,身后传来了一阵呻吟,然后是干呕的声音。

回到自己房间,我坐在窗台上静静地听着——听收音机播放的新闻,听楼下那个男孩儿的动静。一直到后半夜,我才换上睡衣,回到床上,关掉了收音机。

贝雷钻进我怀里,发出"咕噜咕噜"的声音。

我轻轻地说:"他也养过一条狗呢。"

贝雷靠近我,轻轻地"喵"了一声。

我不知道今晚穿过大厅,是否做了件"我本不愿意做的"事情?不管怎样,我已经走出了第一步——走近那间死亡卧室和那个命运已成定局的男孩儿。

明天,即便我不愿意,我还得再去。

## 4

十一月的清晨，冷风穿透口罩刺痛了我的脸。我紧紧地夹着双臂，两手插进深深的口袋里，努力让自己抖得别太厉害。

蒙茜不停地摇摆着身子。我俩站在路边一小块有阳光照射的地方等候校车。在我们身后是一座绿色的铁桥，桥面上铺着木板。

"你看起来很疲倦。"蒙茜说。她的声音又尖又细，像一个烦恼的小孩儿。

我舔了舔开裂的嘴唇。我的脸颊和嘴唇总是很红，就像化过妆一样。外婆说，这是因为我一天到晚都在室外。可是，很多人也跟我一样，长期待在室外，但他们可不像我这样，有着红红的脸颊和嘴唇。"熬夜了。"我转过身避着风。

"你昨晚都没上来找我做功课。"

我耸了耸肩："实在没时间。"

我胸口一紧，以后除了做家务，还得照顾埃兹拉和特伦特太太，哪还有时间去找蒙茜呢。

"那你写完作文了吗？"

我点点头。羊毛帽子让我的头直痒痒。

早上出门时，外婆递给我这顶羊毛帽子。

"拉下来遮住你的耳朵。"外婆说。

我的头发很好，浅蜂蜜色。戴帽子会起静电，头发就会立起来，不那么整齐了。

"我不要戴帽子。"

"戴着吧。"

我戴上帽子，往下使劲拉了拉，感觉怪不舒服的。

"见过那个男孩儿了吗？"外婆问道。

"嗯。"我回答说。

外婆不动声色地点点头。

"妮尔，"蒙茜说，"我问你作文都写什么啦？"

我眨了眨眼睛，冷空气害得我眼泪都流出来了。

校车怎么还不来啊？

"你觉得 M.C. 应该走出大山吗？"蒙茜问我。

"什么山？"

"萨拉山啊。"蒙茜提高了嗓门儿。

"哦，M.C. 希金斯啊。"蒙茜说的是语文课上刚讲完的一本书，一个边远山区的男孩儿和他家人的故事。"当然了。他们真应该离开那儿，那是一座死亡之山，最后肯定会要了他们的命。"

蒙茜低头看着自己的靴子："我很高兴他们最后选择了留下，他们属于那里，因为那里才是他们的家。也许，他们没办法融入其他任何地方。"

"也有一种可能，"我说，"如果他们搬到别的地方，能过上更好的生活。"

"不过，他们迟早都会死的，"蒙茜说，"不管离开还是留下。反正他们选择留下，我很高兴。"

"你觉得住在辐射区的那些人应该待在那儿吗？"我问。

"当然了，"蒙茜脱口答道，接着又说，"也不是啦。"

我不解地看着她。

"我也不知道，我只是不想让他们靠近我。"蒙茜把一颗小石子踢到路中央，"你今天干完家务还来我家吗？"

"不行啊,得在家帮外婆干活儿。"

"什么活儿?"

"你去问她呗。"

蒙茜有点儿怕我外婆,总是跟她保持一定距离。

她眨了眨眼睛:"你家里到底有什么重要的事啊?"

我望着溪谷的方向,耸了耸肩。大概是因为天气太冷的缘故,河水沿着路边迟滞地流淌着,仿佛要停下来。

眺望着点缀着羊群的牧场,我的目光停留在我家后面那间卧室的窗户上。我很想告诉蒙茜关于埃兹拉的事情,可是却没有勇气。

"没什么啊,我只是答应过外婆要待在家里。"

蒙茜又踢了块石头。

"不是因为你啦,蒙茜。"

"其实你不想跟我一块儿自习,是吧?"

我冲她做了个鬼脸,可惜被口罩挡住了,蒙茜看不见。

"一定是因为昨天瑞普雷说的那些话,是吗?你也觉得我很笨。"蒙茜把眼镜往上推了推。透过镜片,她的眼睛显得更大了。

我背对着风站着,好替她挡风。虽然每天早上,她爸妈都把她从头到脚裹得严严实实,送她到山下,我还是觉得我应该保护她,她太瘦小了。

我摘下帽子,挠了挠头,头发立刻被大风吹得狂舞起来,不时拍打着我的眼睛。

蒙茜在玩自己外套的拉链。

"蒙茜,"我低头看着她,"别在意瑞普雷说的那些话。"

"我没在意。"

冷空气和头发的抽打搞得我的眼睛泪汪汪的,我将目光投向远处的山坡,一想到因为那场事故,我将永远失去这里熟悉的一切,脑子里就仿佛发生了雪崩。

"我只是想确定不是因为我?"蒙茜说。

"不是。"

蒙茜的脸红到了口罩上方。

"那到底是为什么呢?"她问。

"没什么啊。"

"是跟我有关吗?"

"干吗什么事都得跟你有关?"我反问她。

"是因为我的行为方式吗?"

我点点头,冷空气让我的鼻子很不舒服。

"你不是真的喜欢跟我玩,是吧?"蒙茜说,"只是因为我家租着你外婆的房子,你才敷衍我。"

我朝蒙茜皱起了眉头:"我当然喜欢跟你玩啊,你是我最好的朋友。别耍小孩子脾气啦,你总是像个三岁的小孩儿。"

"我才没有呢,"蒙茜说,"我哪里像小孩儿了?"

"在我俩交朋友这件事上,你就很像啊。你如果连这件事都要怀疑,那就太傻了。还有,你跟男孩儿相处的方式也有问题。"

蒙茜走过来,用她肉肉的拳头打了我一下:"这跟男生有什么关系?"

"没关系。"

"你没有喜欢的男生,对吧?"

我把手伸进口罩,捏了捏鼻子。手冻得都快麻木了,要是外婆给我一双手套而不是一顶帽子就好了。

校车在哈尔家门前停了下来,发动机发出轰隆隆的声音。在事故发生后,没几户人家还坚持让孩子去学校上课,哈尔家就是其中之一。

蒙茜偏过头来问我:"你有喜欢的人吗,妮尔?"

那一刻,我想到了埃兹拉,想到他呆呆地望着天花板的样子,想到他黑黑的鬈发,想到他睡在那间卧室里——那间散发着死亡气息的房间。

"没有,"我说,"我不喜欢任何人。"

# 5

那天放学后,我跟往常一样,做完家务活儿就回到房间,打开收音机听广播。播音员不停地说啊说啊,一直在讲急救部门处理核电站事故时遇到的难题。

我一边听广播,一边仔仔细细地打量了一遍我的房间。如果我必须转移到别的地方去,就得跟摆在书架上的那些宝贝说再见了:我从河里捡回来的石头、橡子、收藏的鸟巢和鸟羽、琥珀色玻璃、生锈的皮带扣,还有一整盒老式表盘——全堆在我的书架上。倘若哪一天风向变了，朝我们这里吹，那这些东西都会被辐射污染。

最近几年，我还在"阅读是基础"图书配送站选了好几本书，都放在我床头的书架上。我默念着书脊上印着的书名。

想到楼下那间卧室，还有住在里面的埃兹拉，我的心里就有点儿不太舒服。可是我又不得不去，实在不知道该跟那个男孩儿说些什么，我觉得我还是读书给他听吧。

贝雷大摇大摆地走了过来，伸出前爪，攀在我的牛仔裤上。

"你也想去看望埃兹拉吗？"我问贝雷，伸手把它拎了起来，用食指摸着它下巴上的短毛。

贝雷看上去挺享受，发出"咕噜咕噜"的声音，还伸长了脖子，好让我多挠挠它的下巴。

"噢，贝雷，你这个幸运的老家伙，不用去做你不愿意做的事情。"

我可以从《了不起的M.C.希金斯》里选几章读给埃兹拉听。可是，课堂上刚讲完这本书，我可不想在这么短的时间内再读一遍。再说了，小说里有些内容，要让一个女孩子读给男孩子听，也挺尴尬的。

我的手停在《地铁求生121天》上。这本书是两年前买的,那时我上六年级。虽然我平时读书的时间不多,但这本书会经常看。印象中,我至少读过四遍。斯雷克只活在自己的世界里,内心无比孤独。我觉得自己完全能够体会他的感受。他从来没有离开过那个地铁站,从没见过阳光,真是太可怜了。没有太阳的日子,究竟会是一种怎样的生活呢?

从书架上取下这本书时,我脑海里浮现出楼下那个躺在床上的生病的男孩儿,还有卧室里拉上的窗帘。对,就是这本书,没有比它更合适的了。

下楼时,我用手理了理头发,想让自己看起来整洁一点儿。厨房里飘着一股发酵的味道,外婆在发面,准备做面包。待会儿等她劈完柴火回来,房子里就该弥漫着烤面包的香味儿啦。

我清了清嗓子,拽了拽运动衫,拖着脚步磨蹭地走过大厅。

我走进卧室,坐在男孩儿床边。坐在那把破花布椅子里的女人站起身来,她看上去挺年轻的,瘦瘦的脸,齐肩的长发。

"你一定是妮尔吧。"女人说,她的口音听起来特别纯正而优雅,"我是特伦特太太。"

她伸出手来跟我握手,不过看见我又糙又脏的指甲,稍微犹豫了一下。她手背上松弛的皮肤,泄露了她年龄的秘密。她应该有四十好几，或者五十出头吧。我们握了握手。

"抱歉，"特伦特太太说，"请你跟我出来一下好吗？"她回头看了一眼躺在床上的儿子，领着我出了卧室，关上了门。

我不喜欢她关门这个动作，怎么能把一个患重病的男孩儿单独关在房间里呢？

"谢谢你收留我们！"特伦特太太说。她走路的姿势有些僵硬，一双大眼睛周围布满皱纹，眼珠是绿色的，就像新鲜的橡子。她的衣服不太合身：一件破了洞的家居服、旧毛衣、棕色的拖鞋。

从核污染区里疏散出来的人们，几乎扔下了全部家当。因为核辐射已经污染了他们所有的东西，包括鞋子。他们现在只能穿别人捐赠的衣物。

特伦特太太的头发只比我的短那么一点儿，发型也和我一样，是偏分。她的发质看上去很有弹性。唯一不同的是，她是波浪卷，而我是直发。

"你还带了本书来啊，"她问，"我能看看吗？"

我把书的封面翻过来，给她看书名。

"这本书我没看过。"她说。

"是关于一个住在地铁站里的小男孩儿的故事。如果可以的话，我想给埃兹拉读几段。"

"他可能有些听不见了。"她说,"大夫们说再过几天,他的病会更加严重。他们没想到会复发得这么快。"

我点点头。

"我希望我们住在这儿,没给你们添太多麻烦。"

我低着头站着,看见自己右脚脚趾部位的袜子破了个窟窿。

"我担心你的朋友们会不喜欢我们住在你家。"

这句话让我想起了蒙茜。但我耸了耸肩,表示没什么。

"也许你不太想说这些,埃兹拉也是,他有他自己的想法,却不愿意跟别人讲。在医院的时候,他向我们隐瞒了他的病情,好继续待在爸爸身边。"

说到这里,特伦特太太有点儿哽咽,她绿色的大眼睛转向了别处:"后来他病得太厉害,实在瞒不住了。大夫们竭尽全力抢救他,然后我们就来到这里。从医院到你家,他再没开口说过一个字。"

我觉得嗓子里像伸进一根手指似的被堵住了,很难受。

"他烧得很厉害,"她抬起了下巴,强忍住眼泪,"我希望你不介意跟他待一会儿,他不能再这么孤单了。"

说完这些，特伦特太太站到一边，打开了卧室门。

埃兹拉平躺在床上，一动不动，整个脑袋陷进软软的羽绒枕头里。

他眼睛的形状挺特别的。那天晚上因为光线太暗，我没有注意到。他眼角的眼皮总是向下耷拉着，这让他的脸看上去非常与众不同。一侧的眉毛上，有一小块新月形的伤疤。

房间里充斥着一股病菌的味道，跟外公、妈妈去世时的味道一样。埃兹拉的手很大，露在被子外面。他穿的睡衣像是外公生前穿的。

凯勒布在门边打盹儿。

我蹲下身来，挠了挠它的耳侧。它抬起头，伸出湿湿的舌头，把我的手舔了个遍，然后又趴下来，叹了口气，接着睡了。

特伦特太太看了儿子一眼，随即离开了房间。

墙上的通风口里亮着一盏夜明灯，大厅的灯光照在椭圆形的地毯上。窗帘仍然拉得严严实实。

"嗨，"我打了个招呼，"埃兹拉？"

埃兹拉还是一动不动，只有胸口随着艰难的呼吸一起一伏。

也许，我该让他一个人安安静静地，直到离开人世。

可是,外婆希望我能留下来陪陪他,特伦特太太也希望我留下来陪陪他。我不知道还能做些什么,便翻开书本,借着大厅的灯光,大声朗读起来。

过了一阵儿,埃兹拉睁开眼睛,慢慢转过头来,看着我。

他费力地眨了眨眼睛,盯着我看。我想,他也许是想看清我的样子吧。

"我叫妮尔·萨姆纳。"我做了自我介绍,"你现在是在我家里。"

埃兹拉点了点头,但似乎每动一下都会令他疼痛,他疲惫地合上了眼睛。

我坐在花布椅子上,感到有些紧张,努力想让自己的呼吸平稳一点儿。尽管外婆很肯定地说,他不会把核辐射传染给我,我还是有些担心。

"你知道这本书吗?"我问。

埃兹拉还是闭着眼睛。他的呼吸声很重,就像踩在沙石地上发出的那种"嘎吱嘎吱"的声音。他会时不时地挪动一下双腿,偶尔会发出一种痛苦的声音,像是在呜咽。

"这书不错。"我顿了一下,接着说,"要我接着往下读,还是从头再读一遍?"

我又从头朗读,这次声音放得很小,怕埃兹拉嫌吵。

他有时候会睁开眼睛,盯着我左脚旁边的一个地方看。凯勒布就是从那儿溜进房间的。

可是,他没有再看我一眼。

终于,我听到外婆在厨房里弄出"叮叮当当"的声音,并且闻到了一股浓郁的、让人温暖的烤面包香味儿。特伦特太太从大厅那边走了过来,她的背挺得笔直,手指甲修剪过了。她示意我可以离开了。

"谢谢你。"她说。

她走进卧室,坐在儿子身边,轻轻地撩开他额头上挡住眼睛的鬈发,亲了亲他的额头。

我看着她费力地拽过一条毛巾,盖在埃兹拉的肘部。

然后用一种我听不懂的语言低声念着什么,像是在祷告。在那个病魔统治的黑暗世界里,埃兹拉和他的妈妈依偎在一起,显得那么孤单无助。

# 6

第二天下起了倾盆大雨。大家都十分恐慌，害怕雨水带来放射性物质。雨水把这个地区——佛蒙特州与大西洋的中间地带变成了一片死亡区域。

我们的校长佩里先生有一个辐射探测器，比外婆家用的要高级一些。每天早上校车出发接学生之前，以及下午放学之前，他都会举着探测器，检测空气中放射性物质的含量是否超标。

事故发生后的第十天中午，午餐前几分钟，佩里先生的声音从学校的广播里传出来。

"今天早上检测出来的放射性物质值已经处于安全范围。"他的声音因为解脱带来的兴奋而微微颤抖,"从今以后,空气是安全的,雨水也是安全的,我们再也不用戴着口罩生活了。"

那天放学时,班上的十几个同学欢呼着离开了教室,有些人直接把口罩扔进了垃圾箱。但我没有那么做,我虽然也摘下了口罩,但仍留着它。

蒙茜也没扔。她的父母有严格的禁令:在他们允许她摘掉口罩之前,她必须一直戴着。回家的校车上,蒙茜是唯一一个戴着口罩的人——又一件让她显得与众不同的事情。也许,她爸妈明天会同意她摘掉口罩吧。

透过车窗,我望着路边那一幢幢被遗弃的房子。现在核电站已被填埋,那些离家的人们应该就会回来了吧。我很想放松心情,也想相信一切都会好起来,埃兹拉的病情也会慢慢好转。然而,我做不到,我没办法放松,脑海里不断回放着索贝尔先生给我们讲的有关放射性污染和放射性垃圾的事情。

到站了,蒙茜跟着我跳下车。她晃着大脑袋,开心地笑着。雨水顺着她的镜片流下来,浸湿了口罩。

校车关上门,继续前行。

"安全啦,没事啦。"蒙茜唱着。

冒雨走在回家的小路上，我的头发被淋湿了。冰冷的雨水顺着发梢流下脸颊，一直灌进脖子里。雨珠滑过蒙茜的鼻梁。

蒙茜穿着笨重的厚靴子，踏进一片水坑，落在一块石头上。可惜石头因为突然受力翻滚了一下，蒙茜摔了一跤，跌进水里。

"你没事吧？"我俯身问。

蒙茜攥起拳头，砸向水面，激起的水花溅到了我们身上。她大笑着。

我摇了摇头："别闹啦。"把她从地上拽起来。

我们继续朝山上走。路边的羊群紧紧地聚在一起，羊毛一定也被雨水浸湿了吧。我的旧靴子也进水了，袜子变得潮乎乎的。

走到我家的岔路口，我俩停下来，蒙茜歇了口气，说："要不要……去我家……喝……热巧克力？"

我犹豫了一下："不行。"

蒙茜推了推眼镜："哦。"她朝山上走去，看上去有些沮丧。

"要我等你走到山顶吗？"我朝她背影喊道。

穿着那样的雨衣，戴着那样的帽子，蒙茜从背后看起来活像是一个矮蘑菇。她耸耸肩："你做不到吧。"

我跑过去追上她。可是蒙茜对我不理不睬,只管走路。

这才几天,特伦特母子俩就引发了我和蒙茜间的矛盾,我用厚靴子踢了踢嵌在地上的一块石头。

我不能告诉蒙茜有关埃兹拉和他妈妈的事。如果蒙茜自己没有一大堆麻烦,如果她爸妈没有被核辐射吓成那样,我想我会告诉她的。

我没直接回家,在外面干起了农活儿。反正身上都淋湿了,再湿点儿也无所谓。

干完活儿回到家,外婆拿着一条旧浴巾在厨房里等着我。我把浴巾裹在肩上,走到火炉边。

打开背包,我拿出皱巴巴的口罩,在外婆面前晃了晃:"你听说核电站被填埋的消息了吗?"

外婆点点头。"扔了吧,"她说,"我一听到这个消息就把我的扔掉了。"

可是我没扔,我把口罩挂在厨房里。"留作纪念吧。"我不喜欢扔东西。

"我给你准备了热巧克力,快去把自己弄干。"

我拿浴巾擦了擦头发,外婆端来一杯热可可。我在火炉前转动着身子,试图把自己烘干。水蒸气从牛仔裤上冒出来。

"埃兹拉和他妈妈还住在这儿吗?"我边喝边

问。热可可甜丝丝的。

"当然了,"外婆说,"要不然他们还能去哪儿?"

喝完整整一杯,我用手擦了擦嘴。

回到自己的卧室,我赶紧换上干衣服。牧场在十一月灰蒙蒙的天空下,看上去那么柔和,我在窗边站了好一会儿,才拿起给埃兹拉读的那本小说。

读书时间到了。

可是我没下楼,而是坐在床上抚摸着贝雷。

我妈妈死了。

外公死了。

我低下头,脸颊贴在贝雷柔软的皮毛上。它发出"咕噜咕噜"的声音,听起来很舒服。

埃兹拉也会死的。

特伦特太太在卧室门外等着我。

"他的情况更糟了,"她说,"今天一整天都没有吃东西。床头柜上有一条毛巾和一杯糖水,待会儿你读书给他听时,能蘸点儿糖水涂在他嘴唇上吗?"

我畏缩了。外婆向我保证过,我不用照顾他,不用管他的大小便,不用负责为他的呕吐或者拉肚子"清扫战场"。她向我保证过的。特伦特太太凭什么要求我做这样的事呢?一想到跟埃兹拉会有身体上的接触,我就不舒服。

可是特伦特太太看上去太憔悴了!

我勉强点点头,虽然很不情愿,内心却深知照顾他就是外婆所说的"不想做但应该做的事情"。"嗯,我会的,您休息一会儿吧。"

再这样下去,这间屋子迟早会要了他们母子俩的命。

特伦特太太没有上床休息,而是转身去了厕所。

我把书放在花布椅子上。埃兹拉看上去似乎变小了,整个人有点儿"缩水"——这显得他那耷拉的眼睛和眉毛上的弯月形伤疤更加显眼。他偶尔会浑身发抖,隔着毯子都能看见。

我站在原地,不愿意靠近一步。过了好一会儿才拖着脚步靠近他床边,拿起毛巾蘸了点儿碗里的糖水。

我用湿毛巾小心翼翼地沾了沾埃兹拉的嘴唇,尽量不让自己的手指接触到他的皮肤。他的喉咙里发出一种类似呻吟的声音,眼睛依然闭着。

"是我,妮尔·萨姆纳,我昨天来过的。"我拿走毛巾,又蘸了一次水。"我来给你读书了,你还想听吗?"

没有回应。

我还记得外公弥留之际的情形。也是在这间屋子里,他已经不能进食,却挺喜欢吮吸冰片。外公说他口特别干。我还记得那时候,我会用一条毛巾把大冰块包好,然后用锤子砸碎,将碎冰块给他。外公总是半坐半卧在床上,一边静静地呓吸,一边望着窗外,而我则会绞尽脑汁,给他讲所有我觉得能让他留下来、留在我们身边的事情。每天晚上跟他告别时,我都会对他说要等着我,等着我第二天早晨再去看他。

可外公还是走了。

外婆甚至没有掉眼泪。外公去世后的第二天早上,外婆起床后绕着整个牧场走了一圈儿。

葬礼过后,当所有亲朋好友离开以后,我穿上靴子,也出去走了那么一大圈儿。

我再次用湿毛巾给埃兹拉润了润嘴唇,然后在牛仔裤上擦了擦手。雨水落在金属质地的屋顶上,发出有节奏的打击声。这是干净的雨水,不带放射性物质的雨水。

滴答!滴答!滴答!我想听到这样的声音,想看到下雨的样子,也想让这场雨变成雪。我慢慢地挪到窗边,再也不需要拉上窗帘了,再也不用保护埃兹拉不受辐射的危害了。他现在安全了!所有在泄漏区之外的人都安全了!我猛地拉开窗帘,让外面的黑暗进来。这是干净的、不再让人害怕的黑暗。

特伦特太太出现在我身边。她说:"请别动窗帘。"

我吓得跳起来。

"他希望这样,"她说,"他想拉上帘子。"

我坐到那把花布椅子上,拿起那本薄薄的小说,等着她离开房间。

# 7

每次蒙茜问我为什么不再去她家玩了,我都假装没听见。我不想跟她说谎,也不能说出实情。离开总是不需要理由,没准儿哪天哈里斯一家也会离开我。

有一天,历史老师哈斯金斯小姐回来了。我们走进教室时,她正在读一篇报纸上的文章,看到我们,冲大家点了点头。

核事故之后,哈斯金斯小姐离开了学校,很多其他老师也离开了。截至目前,只有少数老师回来了。

她是位很棒的老师，历史课讲得有趣极了。

上课铃响了，哈斯金斯小姐站起身来，手里拿着那份报纸。

她绕到讲台前面，半坐半靠在木头扶手上。

哈斯金斯小姐的老家在波士顿，说话带着那边的口音。在她看来，《波士顿环球报》的内容是最可信的。不过，她今天看的不是《波士顿环球报》。她再也不能给我们读那份报纸上的文章了，因为它已经停刊了。整个波士顿也不复存在了。所有的建筑——住宅、交通灯、商场、公园，还都在。《波士顿环球报》的办公室也还在，可是都已人去楼空。

莫非哈斯金斯小姐的朋友或者亲戚在这场事故中也未能幸免于难？

"我们得让切斯特·阿瑟（美国第21任总统，1829-1886年），再多'休息'一段时间了。"哈斯金斯小姐说，"今天我想说说别的事情。"

我的手摩挲着历史课本的书角。

"填埋发生事故的核电站并不代表这件事情就过去了。"她开了个头。

我的胃抽搐了一下，熟悉的感觉又回来了。哈斯金斯小姐接着说："你们在科学课上已经讨论过核问题了。"

丹·泰勒摘下帽子放在课桌上,身子往前倾。他总是戴着那顶有帽檐的软呢帽,上身是他老爹的夹克,下身是蓝色牛仔裤。我没想到事故发生以后,丹一家并没有搬走。他们看起来不像是会留下的人。

哈斯金斯小姐深吸一口气,接着说:"数以百万计的人失去了他们的家园,失去了工作,被迫与他们所爱的人分离。已经有好几百人在离开的途中死去,而且还将有数以千计的人会死于癌症。"

瑞普雷插嘴说:"死点儿人算什么,正好波士顿的人太多了!"

一些同学在下面偷笑。

"把放射性污染当成控制人口的一种手段,未免也太可怕了吧!"哈斯金斯小姐说。

瑞普雷·鲍尔斯用他那只没毛病的眼睛瞪着老师。

我用一根手指按住出血点——刚刚撕掉了指甲旁的倒肉刺:"我们会得癌症吗?"

我努力屏住呼吸,妈妈和外公都死于癌症。

班上的孩子们都看着哈斯金斯小姐。

"我不知道,"她回答说,"这取决于风往哪边吹,雨在哪里下。总之,这次事故对我们每个人都会有影响,不过是方式不同、程度不同罢了。"

她是想到了波士顿的家人吗?

"在座的各位,有的家里有农场,有的有菜园,有的有牧场。未来几年里,你们能确保你们的土地没有受到核污染吗?能保证你们的土地是安全的吗?没人能保证。"

我家养的羊、农场上的那片小树林、梅姑妈和雷米姑父,还有贝姗妮和埃兹拉。想到这些,我又开始胃疼。

"今天我想让大家做一件事,"哈斯金斯小姐说,"就是写信给我们的国会议员们,写信给我们的参议员们,告诉他们这里发生的一切,并且问问他们有什么处理办法。"

大家安静地坐着,哈斯金斯小姐把那些政客的名字写在黑板上,大家看上去都不知道该写些什么。

好不容易熬到下课,大家迟缓地交了写下的东西,然后走出教室,留下哈斯金斯小姐独自一人坐在桌前,望着窗外发呆。

那天傍晚,在那间卧室里,我有些不想继续读下去了。我拿着书坐在那儿,出神地看着埃兹拉,祈祷他能活下来。我的双眼始终没有离开他眉毛上的伤疤。

他已经连续几天一动不动了。

这几天有个护士来过两次。给埃兹拉打上了点滴，药瓶子就挂在一个木质衣架上。

特伦特太太现在也显露出受辐射污染的症状了，只不过没有埃兹拉那么严重。护士教外婆如何照顾这两位病人，怎样在不挪动他们的情况下给他们换床单，如何保持清洁。护士说，外婆已经尽力了。这话给了我们些许安慰。

特伦特太太病倒以后，倒是变得比以前更容易接触了。她会听我给埃兹拉读书，哪怕她儿子并没有在听。

有一天晚上，特伦特太太张嘴说话了。她的声音比说悄悄话大不了多少。

"真希望我的父母见过埃兹拉。"我给她整理枕头的时候，她说，"在这一切发生之前，要是他们见过他就好了。"

我低头看着她，不知道该说些什么。

"他们是以色列人，"她说，"我的父母。他们为了当以色列人，不惜冒着生命危险。也许我应该带儿子去看他们，他们一定会感到非常骄傲的。"

"也许你还有机会带埃兹拉去看望他们呢。"我说。

我和特伦特太太不约而同地将目光投向埃兹拉虚弱的身躯，然后相互对视。但我先看向了别处。

"他们无法理解我,为什么会背弃信仰去结婚。"特伦特太太说。

我坐在她床边。

"我父母是那场大屠杀(这里指第二次世界大战中纳粹对犹太人进行的大屠杀)的幸存者。你知道大屠杀吗?"

我点点头。

"我不想让他们伤心,"她说,"可是我又深爱着埃兹拉的父亲。现在我遭到报应了。"

我差一点儿就要张开双臂去拥抱她,安慰她。就差那么一点儿。

埃兹拉已经昏迷不醒了。他的一双大手握成拳头,露在毯子外面,黑黑的鬈发铺在枕头上。

我趁特伦特太太睡着的时候,好好儿看了看埃兹拉挺直的鼻梁。他的嘴唇因为缺水而干裂了。我试着回忆他眼睛的颜色。

一天晚上,我在他的床边默默地坐了一个小时。然后,我合上书起身准备离开。

"我还有好多作业要写。"我说。

埃兹拉的嘴唇动了,说了些什么。

然而,紧接着,他又变回了之前那个空空的躯壳。

可是我真的听见了,他确实张嘴说话了。

"你说什么?"我问,"埃兹拉,你想说什么?"

没有回应。仿佛灵光一现,他又不在了。

我转向特伦特太太,她正看着我,绿色的眼睛瞪得圆圆的,充满了恐惧。她也听见了,从她的表情上我能看出来。她的呼吸变得很急促。

特伦特太太示意我靠近。她伸出双臂,握住了我的手。

"要我给您拿点儿什么东西吗?"我问。

"坐下来,孩子。"她说。

我用一块湿布擦了擦她的额头,她的脸颊涨得通红,眼睛闪闪发光。她闭上眼睛,浑身颤抖着。

"他父亲也曾张嘴说话,"她说,紧紧地抓着我的胳膊,"就那么一次,然后他就死了。"

## 8

直到第二天,埃兹拉再也没动过,一次也没有。他就那样躺着,一动不动,没有声音,没有变化。但,他仍然活着。

我给他念书,用湿布浸润他的嘴唇。我觉得埃兹拉不会知道我的存在。事实上,他可能对周围的一切都毫无知觉。

雨一直在下。索贝尔先生,我们的科学课老师,每天都对雨水的放射性污染进行检测。哈斯金斯小姐也每天检测。外婆也是。有时候外婆会发现一些放射性物质的痕迹，但其含量都在正常的范围内。

阴暗的天空压在头顶，光秃秃的树枝仿佛连着天幕。树枝上仅剩的几片枯叶，在寒风中瑟瑟发抖。

我陪着埃兹拉和特伦特太太。尽管埃兹拉看上去根本听不见我说话，我还是跟他讲了许多班上的事情。我还给他唱了我在合唱团里学的歌。曾经，我也为外公做过这些事情，为了把他留在世上。

有一次，我唱了一首圣诞节音乐会上的歌，当我唱到"温柔的牧羊人"时，仿佛看见埃兹拉的手动了一下。我聚精会神地盯着他的手指，几乎集中了所有的注意力，希望他的手指能再动一下。可惜没有。

我总是把在学校听到的所有笑话，不管有多无聊，都跟埃兹拉讲一遍。有些笑话真的很无聊。其实我从没有讲过笑话，也不会讲。再说，我一点儿都不觉得这些笑话好笑。特伦特太太一定也觉得不好笑。反正她都听懂了，而且从来没笑过。不过，我不管那么多，照样讲给他听。有时候，如果笑话实在讲完了，我就静静地坐在那儿，看着四周，想要把这个房间的模样储存在我的记忆里。

外婆的点心盒上积满了灰尘，立在梳妆台旁边的角落里，靠在贴着绿金竖条墙纸的墙上。曾有一段时间，外婆总是会烤好多好多东西——不仅仅是面包。那时候,我非常喜爱这间屋子,有时甚至会睡在这里。窗台下面曾有一张专属我的小床。此时此刻,我的脑海中又浮现出那张小床的模样。那时候,这间屋子是多么让人感到舒心和温暖啊。

圣诞节期间,那些点心盒会装满各式各样的曲奇:撒着白糖的脆曲奇,会在我指间留下白色糖霜的软曲奇,还有我的最爱——圆圆的黄油曲奇,上面点缀着一小块巧克力。那时候,我和爸爸总会趁妈妈、外婆和外公外出时,偷偷溜进房间偷吃。如果妈妈正巧经过大厅,就会被她逮个正着。她总是会责备爸爸,然后自己也偷吃一块。我也不知道为什么和埃兹拉待在一起的时候,总会再次想起这些陈年往事。这些事已经过去好久好久。那时候,我爸爸还没有离开,妈妈也还在人世。为什么人总是要离开?

外婆为什么要让我在这间屋子里再次经历生离死别呢?

夜深了,我坐在自己卧室的窗台上。风终于吹破了云层,耀眼的星星散落在天空中,仿佛黑幕上撒着白色的种子。

第二天一早,空气清新,天色蔚蓝。校车到站时,蒙茜围着我转圈儿,兴奋得像是个木偶娃娃。

"今天一整天都会是好天气。"她说,"我们下午去捡羊毛吧,我的篮子就快装满了。"

整个夏天和初秋,蒙茜和我都在收集被牧场栅栏挂下来的羊毛。蒙茜把捡到的羊毛用篮子装好,放在家里。

"我不确定能不能去,蒙茜。我答应过外婆,今天要给前面牧场的那群小羊安个新家。"

"我可以帮你呀。"蒙茜主动请缨。

放学后,我把背包放在牧场边的棚屋里,穿上工作靴,把凯勒布放了出来。

经过房子时,我故意不看那间拉着窗帘的卧室。蒙茜已经在小路上等我了,我跑过去跟她会合。

我一边切断围栏夹子,一边示意蒙茜过来帮忙。凯勒布在我身边发出轻轻的呜咽声,表示它迫不及待地想要开工了。

蒙茜帮我在新牧场周围竖起围栏。这活儿她已经看我做了不下一百遍了。她知道怎么把金属拦网拉开,而且做得相当熟练。论个子,她比我矮半截,但要论力气,她可能是我的两倍。

终于把新牧场的围栏弄好了!我和蒙茜到牧场里去赶羊。蒙茜努力想抓住离她最近的那只羊羔的尾巴,让它领着整个羊群走。可惜那只羊总跟她一步之隔，就是够不着。

对蒙茜来说，这些羊羔就像硕大的玩具。如果说我在看管羊群，只能说她是在跟它们玩。真拿她没辙，一到正经事就靠不住了。不过也没关系，不管能不能帮上忙，她总会在旁边陪着我。

羊群分散在牧场上，离蒙茜很远。

小山坡下，瑞普雷·鲍尔斯身穿迷彩服，胳膊下夹着一杆来复枪，就像胳膊上盘着一条长蛇，大踏步走在大路上。他的狗泰若斯跑在前面。

瑞普雷一声接一声地招呼他的狗回到他身边，他的声音飘到山上我所在的牧场。

猎鹿的季节到了。瑞普雷和泰若斯得忙一阵子了，而我们至少能过上几周清闲的日子。

"准备好赶羊了吗？"我问蒙茜。

凯勒布蹲坐在地上，轻轻地喘着气，偏着脑袋，耳朵都竖起来了。它在等我下命令。我吹响了口哨。

"快去吧，凯勒布，好狗狗。"

凯勒布朝羊群跑去，跑到羊群跟前，它放慢了速度，贴着地面前进。它的深色眼睛忽闪忽闪地放着光。羊群似乎有所察觉，朝另一边退去。

有两只羊脱离了羊群，凯勒布冲过去，紧跟在它们后面。

"跟上,凯勒布,"我大声喊道,"快跟上它们。"

凯勒布偷偷地靠近那两只羊,用眼睛指挥它们,把羊群全部赶进新牧场的围栏里去了,然后赶着它们到了牧场最里面的角落。"好啦。"我宣布道,关上了围栏的开口。

凯勒布看上去特别开心,围着我又蹦又跳。蒙茜帮我把旧牧场的围栏全部拆了下来,裹成一捆。

完成了这项工作,她说:"我们来检查一下围栏,看看能不能捡到羊毛吧。"

我从一个大罐子里舀了一勺盐,倒进新牧场的食槽里,然后又仔细地检查了一遍。全部都弄好了。

"行啊,"我说,"你想捡羊毛?那我们就捡羊毛。出发吧。"

我们沿着起伏的山丘一会儿上坡,一会儿下坡,几乎跑遍了外婆的整片山丘地。因为地势不平的关系,蒙茜的大脑袋在我胳膊肘旁上下来回晃动。我们一个牧场接一个牧场地检查护栏,希望能捡到挂在上面的羊毛。每当蒙茜找到一些,她就会兴奋地大叫起来,然后冲我高举起手,确定我看到她的成果以后,才把"战利品"放进篮子里。

等到我们准备回家时,肚子已经饿得咕咕叫了。溪谷两边有些若隐若现的灯光,农场上面的房子也亮起了灯,我甚至能看见外婆的身影在厨房里忙活着。

另一边的小树林里,瑞普雷家的拖车车灯发出亮光,在交错的树枝间移动。小山坡顶上,树林的后面,蒙茜家的房子也亮着灯呢,一闪一闪。

我们捡到的羊毛终于把蒙茜的篮子装满了,我把羊毛往下压了压,免得散落在她回家的路上。"你今晚先把羊毛洗干净,然后晾干。等我这周末过来帮你梳理纺线。"

进屋前,我给羊圈里的羊喂了食,并重新连上电网,然后背起书包往回走。经过埃兹拉的那间拉着窗帘的屋子时,我的内心突然有种情感开始涌动,一时无法平静。

我抱起一大捆柴火,在进屋前,使劲跺了跺靴子上的灰尘。外婆正在水池边洗碗,餐桌上放着半个刚烤出来的土司。

"今天比平时晚呢。赶羊的时候遇到麻烦了?"外婆问。

"没有,"我回答说,"只是想在外面多待会儿。"我一边说,一边把干燥的柴火放进存柴火的箱子里。

"你知道,特伦特太太在你没来的时候,是不会离开埃兹拉的。"外婆说,"她今天一直等着你,晚饭都没吃。"

我把手插进牛仔裤的口袋里,不知道该说什么。

"快吃点儿东西吧,"外婆说,"你一定饿坏了,吃完饭,就去陪陪埃兹拉,在那儿也能做作业。"

"在那儿怎么能做作业呢!"待在那间卧室,我的大脑会停止思考的,"外婆,他根本不知道我在那儿。也许我可以不去,就一晚。"

"不行。"

"你为什么要逼我做这些呢?"我没法儿理解,"我不想做。"

外婆转过身来靠着水池:"我们这样做,是因为这是正确的事。妮尔,眼下是特殊时期,我们必须做对的事情,那就是互相照顾,互相关心。你明白吗?"

我无奈地耸耸肩。

"把汤喝了。"

唉,我还能怎么办?只有乖乖地低头喝汤。

快一个礼拜了,埃兹拉就那么躺着,一动不动,也不说话。住在他身体里的那个生命,似乎一直徘徊辗转,与我们越来越远。

我觉得他与其这样,还不如下定决心离开,然后死者安息,生者不用每天忍受可能会失去亲人的痛苦折磨。

站在花布椅子边上,我感到一阵莫名的怒气,跟外婆,跟特伦特太太,甚至跟这间屋子。眼睛里陡然涌出几滴眼泪。我一来,特伦特太太就转身离开房间。她的背影蹒跚,让人同情,但优雅依然。她来我们家已经几个星期了。

突然,低处传来一个细小的声音:"你在哭吗?"

"你说什么?"

我惊讶地望向埃兹拉,可是因为眼泪在眼睛里打转,看什么都是一片模糊。我的手颤抖着,打开了梳妆台上的灯。

忽然的光亮使埃兹拉发出痛苦的呻吟。他是从什么时候开始对灯光产生反应的呢?

我立刻关上灯,用手背把眼泪擦干净。

床上发出一声长长的叹息。

"埃兹拉?"

"嗯?"他的声音十分沙哑。

天哪!他居然醒了!

埃兹拉又叹了一口气,然后闭上了眼睛,那双有点儿耷拉的眼睛。

别再走了!我惊慌失措地想。

"埃兹拉!"我脱口而出,"等等,别走!"

埃兹拉的眼睛紧紧闭着。"没地方去……"他的声音几乎听不见,最后一个字好似消失在空气中。

"埃兹拉?"我靠近了一些,紧紧地贴在床边,"我知道你需要休息,而我还有一大堆家庭作业要做。我明天还会来看你的。"

埃兹拉的脸上没有一丝表情,跟过去那几个礼拜一样,仿佛一个空空的躯壳。

"埃兹拉,你会等我到明天吗?"

他伸出舌头,轻轻地舔了舔嘴唇:"当然,小牧。"

# 9

我和蒙茜坐在她家客厅的地毯上。在我们面前，壁炉里的柴火烧得噼啪作响。外面狂风大作，天阴阴的，房间也变得暗暗的，哈里斯太太因此打开了灯。要是我是一只猫，我肯定会舒服得"咕噜咕噜"叫起来，屋里真是太温暖、太舒适啦。

我从棚屋拿了两套梳理板，和蒙茜每人怀里都放上一绺羊毛。我们把羊毛打结的地方通通梳开，羊毛逐渐变得顺滑起来。

过去每年春天，在母羊生产之前，我和外婆都会花上好几天时间剪羊毛。不过,那时候我们从不自己梳理,而是把所有羊毛都打包装袋,然后送到普特雷的斯宾纳瑞纺织厂。我不知道来年春天,我们该怎么办,那个纺织厂现在已经关门了。

外婆年轻的时候,她也自己清洗、梳理羊毛,然后纺织成毛线。但如今已经很少有人亲自做这些了。也许,核泄漏事故能让人们重新开始手工纺线。这也算是事故给我们生活带来的变化之一吧。

有一块柴火倒在炉底,壁炉里升起了几星火花。我停下手里的活儿,往壁炉里添了一块新炭。

外婆的卧室和家里的餐厅也有壁炉,但我们从来没用过,只用厨房里的燃木炉。

"下雪天在壁炉里生一堆火,这感觉真好啊。"我感叹道。

蒙茜仍然戴着口罩,她一笑,眼镜都被顶起来了:"是呀,谢谢爸爸!"

"不用谢。"哈里斯先生坐在窗边金色的旧椅子里,正读着一份《博林顿报》,身边还放着两份其他报纸。他在忙着找工作呢。事故发生之前,他在库克郡有一家车行。那些车还停在店里,崭新的,每辆车的里程表都显示只跑了几英里。但是,再也不会有人买那些车,再也没人开那些车,只能眼睁睁地看着它们变得锈迹斑斑，轮胎因久置而废弃，慢慢布满灰尘。

"你一批能做多少？"蒙茜靠过来，看我理好了多少羊毛，"我打赌我能比你做得多。"

"我可不想跟你比赛。"我说。

梳理羊毛，让我想起了小时候给洋娃娃梳头，这两件事我其实都不太喜欢。

以前我有过一个洋娃娃，她穿着浅蓝色的连体衣，小衬衫上还点缀着粉色的小花。她的脚踝是活动的，是我们搬进外公外婆家时妈妈送给我的礼物。

洋娃娃的头发跟我和妈妈的很像，十分柔顺。我想这可能就是妈妈买下她的原因吧。在妈妈生病期间，我一直很爱护这个洋娃娃。

我六岁那年，妈妈去世了。六岁以前的事情，在我记忆里都变得十分模糊，也没有照片可以帮助我回忆。但我还记得那个洋娃娃。

妈妈生病期间，外公外婆几乎不让我进她的病房。直到有一天，他们让我进去了。

我太想见到妈妈了，立刻冲到她的病床前，拉着她的手，手是冰凉的。我原以为她会坐起来，朝我微笑，我会听见她那熟悉的低沉的嗓音。然而，她萎缩的身子又瘦又小，被单盖在她身上，几乎看不出什么起伏。我害怕了,往后退了几步。那不是我的妈妈,不可能是!

她的呼吸十分沉重,喉咙呼呼作响,像狂风吹在晾衣绳上的床单发出的声响。

房间的气氛出现了某种变化,我能感觉到。空气变得凝重了,重得几乎让人不能承受。然后,压力又消失了。

外婆说:"她走了。"

我记得有个人,可能是位邻居,他把被单拉上来,遮住了妈妈的脸和几乎已经脱光了头发的头。

另一个人想要牵起我的手。

我挣脱开,跑出了房间,跑上楼。我躲在阁楼屋檐下的墙角边上,紧紧抱着我的洋娃娃。

墙角里有很多蜘蛛网和老鼠屎,我蜷缩在那儿,浑身发抖,就这样待了几个小时。

外公找到了我。他把我拉出来,安抚我,然后给我洗了个澡。我多少干净了些。但我的洋娃娃没洗,她的衣服上到处是灰,头发乱糟糟地缠绕在一起。

几天后,外公外婆去参加妈妈的葬礼,梅姑妈留在家里陪我。她静静地坐在厨房里,一言不发。

整个上午,我都待在自己的房间里。虽然家里温度并不低,我却一直在发抖。我用自己的牙刷,一遍一遍地给洋娃娃梳头,把每一个发结都理顺,直到头发顺滑如新。

可是在这个过程中,因为用力过大,我也扯掉了她很多头发。洋娃娃几乎有些秃顶了,暴露出橡胶做的暗橘红色的头皮,还有很多排列整齐的小窟窿,是用来插头发的。秃顶的洋娃娃吓坏了我,我把它包进枕套里,埋进了垃圾堆。

"哇,已经做了不少了呢。"蒙茜高兴地说,"你觉得这些能织出多长的线啊?"

我看着窗外。

"能织多长呀,妮尔?"

窗外飘着雪,灰白色的大片雪花轻轻飘落,滑过窗户玻璃。我轻声答道:"我不知道。"

我们梳理了很久,一直到午饭时间。蒙茜骄傲地看着我们的劳动成果——一束束短羊毛整齐地摆放着:"看看,我们做了这么多。"

"大半是你做的。"我说,"蒙茜,你做这个很在行啊。"

蒙茜迈着笨笨的步子,在客厅里转了个圈儿,以表示她的快乐。

"吃过午饭我们就开始纺线吧。"她说。

"哦不行,今天下午我得早点儿回家,下雪天总会有更多的家务活儿等着我。"

蒙茜把我拉进她的卧室。房间很小,不比壁橱大多少,但是每一面墙的窗户下边是一排排架子,上面全是书,大概有好几百本吧。蒙茜的卧室就像是个小图书馆。

"你外婆生病了吗?"她问,"所以你最近老是待在家里?所以你家那间卧室的窗帘老是拉上的?"

我背过身去,不让她看见我的脸。"外婆病了?"我摇了摇头。

"那你告诉我啊,如果不是外婆生病,到底发生了什么事情?你都没时间找我玩了。"

想到埃兹拉还在生死线上挣扎,我不敢多说一句,怕给他带来噩运。哈里斯一家在这里住得挺好,他们已经安定下来了。但如果我告诉他们关于埃兹拉的事,可能一切都会发生改变。

"这事我暂时不能告诉你。"

蒙茜看上去很受伤。其实我很想告诉她,想跟她谈论埃兹拉,想得我嗓子都发紧。可是,一旦我真的这么做了,哈里斯夫妇绝对不会再让我靠近蒙茜一步了,而且他们很有可能把这事说出去。不止他们一家害怕跟从污染区转移出来的人沾上关系——尤其还是像特伦特家这样的——一个寡妇带着孩子，死去的老公曾是核电站的头儿。我不想让大家知道这些。

看着窗外的雪，我问蒙茜："你会偶尔想起库克郡的那些人吗？事故发生后，那些人已经无家可归，还得了核辐射病。"

"他们是变种人。"蒙茜说，声音中带着不屑与厌恶。

我猛地转过身面对她："蒙茜！"

"他们是危险人物，我爸妈都这么说。只要一靠近他们，你就得死。你想想，他们体内有那么多辐射，还不得往外扩散呀？"

"根本不是这样！"我说。

蒙茜躲到房间对面的角落里。

"他们就是的！我可不想见到他们。"

"他们并不危险。"我说，"他们只是生病了，而且非常孤单。他们需要帮助。"

"瑞普雷说，要是我跟那边过来的变种人接触，我也会变成跟他们一样。我会比现在更矮更丑。"

"别说了，"我说，"你不要相信他说的那些鬼话！我知道你不会信的，你和那些人都是正常的。"

"你什么时候成专家了啊？"蒙茜问。

也许我今天说得太多了："我不是专家。"

可是那一瞬间,蒙茜似乎知道了真相。或者,至少她感觉到了一点儿。

我在她家待到下午两点钟过一点儿,给蒙茜纺毛线的工作开了个头。但是,早上那种温暖舒适的感觉已经荡然无存,即使壁炉里噼啪作响的炉火也带不回来了。

# 10

外面厚厚的积雪让屋内看起来安静了许多，尤其是埃兹拉的房间，窗帘低垂，更是幽静。不过这几天，埃兹拉倒是已经开口说话了。

"小牧？"看见我出现在他的房间门口，他轻声打招呼。

我走进房间，来到梳妆台边上，打开台灯，他的目光一直跟随着我。

他背后垫了两个枕头，靠在床上等我。

"你感觉怎么样啊？"我问。

埃兹拉的声音又哑又小,像是在说悄悄话:"我妈妈说外面下雪了。"

"是啊,我可以帮你把窗帘拉开看看。"

"不要!"

"好吧。"我用手指梳了梳头发,将两鬓的散发弄到脑后去。

这么多天以来,我一直期待着埃兹拉某一天能醒过来,能跟我说说话。现在我们能交谈了,可我又不知道该说些什么了。

"你醒了就好。"我背对着他,试着起个话头,"你之前病得很重。"

"抱歉。"埃兹拉想耸耸肩,可是肩膀只是扭动了一下。他舔了舔嘴唇。

"你想喝点儿东西吗?你妈妈给你留了果汁冰块,粉色的。"

我用勺子刮了一小块冰送进他的嘴里。这把蓝色的塑料勺子还是我小时候用过的,外婆一直保存到现在。

"谢谢。"埃兹拉的声音十分沙哑。

"再来点儿?"

他摇摇头表示不要了。

"你的狗呢?"

"你说凯勒布?"我问,"跟外婆出去了。"

"它是看门狗吗?"

"不,是牧羊犬。"我说,"它能帮我们放羊。"

埃兹拉看上去有些疑惑。

"我们发号施令,"我解释说,"然后它去执行。"

"它听你们的指挥?"

"当然了。"

埃兹拉笑了,眼睛里带些嘲弄的神情。

"你还想听我念书吗?"我问。

他点点头。

"想听什么?"

"你的声音。"他回答说。

我的心好像跳出了嗓子眼儿。

"你的声音,"埃兹拉说,"在我病得很重的时候,一直回荡在我的脑海里。我喜欢听你的声音。"

我翻开《地铁求生121天》,开始读了起来。

埃兹拉望着我,过了一会儿,闭上了眼睛。

我停下来看着他,他一动也不动。

"埃兹拉?"

他睁开深蓝色的眼睛:"唔?"

他没事的,我告诉自己,他只是有点儿疲惫。"你喜欢这本书吗?"

"嗯。"

我继续往下读。读完了一章,我合上书。

"你会活下去的,埃兹拉·特伦特。"

埃兹拉叹了口气。"目前看来,"他说,"你也许说得没错。"

我又喂了他一勺果汁冰块。

他专注地看着我,说:"谢谢你喂我吃东西,小姐。"

他说话十分吃力。我低头看着手里的勺子:"这没什么,别客气。"

"不,"他的声音充满疲惫,"这'有'什么,相信我,这对我很重要。"

我的手有些发抖,放下勺子。

"嘿,"埃兹拉深吸了一口气,"你能跟我讲讲放羊的事吗?"

"你想知道?"

"是啊。"他的语音有些含混不清,眼皮也耷拉下来,"还有小羊羔。"

"小羊羔春天才出生。"我说,"春天时,你还会在这儿吗?"

他转开视线,盯着放在被单上的自己的手。没有再看我。我们心里都清楚,他可能活不到明年春天了。

我拾起书,抱在胸前。

"嘿,埃兹拉,"我说,"从明天开始,咱们学放羊知识第一课。"

他的眼睛一眨不眨地看着窗帘。

"我敢说,有一天,你会跟我和我外婆做得一样好。"

"这是个命令吗?"他小声问。

"算是吧。"

"我不用听从你的命令吧?"

"你会听的,只要你明白我是为你好。"

"真的吗?"

"当然了。"我说。

我走过去关了灯。

埃兹拉一定能活到来年春天吧。他必须活下去。

## 11

外婆的房子旁边,有一个制作奶酪的地窖,我们在里面用羊奶做奶酪。我帮外婆转动搅拌机的大轮子,闻着淡淡的羊奶发酵的香味儿,口水都快流出来了。

我很喜欢制作奶酪的整个过程,有一种缓慢的韵律感。

外婆打破了沉默:"今天早上,我终于和你姑妈接通了电话。"梅姑妈是爸爸的姐姐。虽然爸爸抛弃了妈妈,抛弃了我,但外婆对姑妈没有任何成见。

我和姑妈从未谈论过爸爸。姑妈为爸爸对我们母女的所作所为也感到很愧疚。如果我真的想知道他过得怎么样,我会去问姑妈的,但我根本不想知道。

"贝姗妮怎么样了?"我问。

外婆看着我:"好了一点点。上周我和雷米一起送过去的奶还不错,他们喝着觉得挺好。我想在圣诞节前,再给他们一对母羊。过段时间吧,等他们那边的辐射再减轻一些。我可不想再让雷米过来了,他的汽车轮胎上一定带着放射性物质。上次他把车开过来之后,探测器上的数字就升高了,弄得我不得不把整条马路都冲洗了一遍,然后还在路面铺了沙土。"

"母羊还是留在我们这里比较好吧?"我说,"要是送去的羊又受到核辐射污染,就像姑父家的奶牛那样,到头来姑父又得杀羊了。"

"再过一个月,情况应该会有好转的。再说了,只要他把羊养在谷仓里,给它们吃干净的粮食和稻草,不放养,应该没事的。这样,贝姗妮明年二月就能喝上新鲜的羊奶了。"

贝姗妮有一双黑黑的眼睛,棕色的头发。一想到她病得这么严重,我的心一阵疼。

"事实上,我是想让他们全家都搬过来,跟我们住在一起。"外婆接着说,"可雷米不愿意离开农场,他说那是他仅有的东西了。你姑妈和表兄妹又不愿意把他一人留下。给他们送一对母羊,至少能给雷米找点儿事做吧。"

"那我们呢?我们以后该怎么办?"我问。

外婆耸耸肩:"还能怎么办呢?我们就保持现在这样就好。现在波士顿也去不了了,真不知道做这么多奶酪怎么卖啊。以前在波士顿的那些奶酪店里,有那么多我们的老主顾。"

"哈里斯一家现在已经付不起房租了。"我告诉外婆。

"我知道。"

"那我们应该怎么对待他们呢?"

"你觉得呢,我的孩子?你觉得我们能在困难时期,把别人推出去不管不问吗?他们需要住多久,就让他们住多久。我们还有一些积蓄,生活能继续下去。所以,我们一定要尽可能地帮助他们,就像以前帮助爱德华夫妇那样。"

爱德华夫妇是一对退休的老夫妻,曾经是我们的租户。

"那我们的羊都会没事的吧?"

"我现在能做的,妮尔,"外婆说,"就是卖出去的每一件东西，包括羊毛、奶酪、羊奶，还有羊肉，我们都得亲自尝尝。哦，还有树林那边砍下的木头。我不会把被核辐射污染了的东西卖给别人。不过，我想我们还是幸运的。不管怎么说，我们现在的空气、土地和水都是干净的。要是那些放射性物质被风吹到这边来，我们的农场可能就完了。"

"就像姑妈姑父他们家的那样？"

外婆点点头，侧身转过宽阔的肩膀。

"你喜欢养羊吗，外婆？"我问。

外婆正在查看一板发霉的奶酪："要是不喜欢，我就不会干这行了。"

"那你最喜欢它什么呢？"

外婆用一块浸过盐水的棉布，轻轻地擦拭着奶酪的表面，一排接一排，然后一板接一板。她的动作是那样缓慢而有条不紊。很长时间，她都专注于手里的工作，我以为她已经忘了我的问题。

她终于张口说："这个问题很难回答，妮尔。"

"我知道啊。"我等她又想了一会儿。

"我喜欢这种规律和重复吧。"她说。

"我也是。"

"而且我也喜欢跟我的羊待在一起。"

我点点头。地窖里温度挺高，味道也很重，我的额头和上嘴唇都开始冒汗了。

"说实话，妮尔，我除了讨厌腐蹄病，别的都挺喜欢的。"

"我喜欢的是那种宁静，内心的宁静，生活的宁静，你知道的。"我说。

外婆点点头。

"我还喜欢春天的牧场。"我说，"草变绿了，母羊生小羊了。"

"我也是。"外婆说。

"我还喜欢看见羊群总在我身边，它们从不会离开我。"

在地窖里，我听见了来复枪开火的声音，是那些猎人。

"他们离得太近了。"外婆说。

"我打赌是瑞普雷。没准儿他从卧室窗户里打鹿呢。"我已经有一段时间没见瑞普雷了。猎鹿季节会持续三周，这段时间他都不会来学校上课。

弄完奶酪，我和外婆脱下围裙和靴子，顺着楼梯出了地窖的盖板门。室外的冷空气扑面而来，我们又听到了一声枪响。

厚厚的积雪闪耀着刺眼的光芒，四周一个人都没有。不过听枪声，应该是从山下大路另一侧传来的，在那片平坦的牧场后面。像是有人在那边的小树林里开了一枪。以前，外婆也会在这个时候，独自带着来复枪出门打猎。她一般都守在羊群和家附近的小树林里，总能打到一头鹿带回家来。

"你今年怎么没去呢？"我问。下午，室外的空气仍然十分清冷。

"我们离隔离区太近了，"外婆说，"万一那些鹿也受到辐射了呢？我们能用仪器检测自家羊吃的东西，看有没有核污染，可是没法儿检查那些鹿吃过什么啊。我可不敢吃这样的野味。"

那天晚上，当我去看望埃兹拉时，发现他站在床边。他看上去很累，还有点儿痛苦，但特伦特太太一直微笑着。睡衣挂在埃兹拉瘦弱的肩膀上。几个星期下来，他瘦了好多。

埃兹拉两只手都攥着一根拐杖，外婆的，木头很结实。在外公的病还不是特别严重时，就在这间卧室里，他为外婆做了这副拐杖。

埃兹拉浑身颤抖着想要站稳。因为太用力，他的手关节处都有些发白。

在他快要摔倒时，特伦特太太及时扶住了他。

"今天就练到这儿吧。"她一边说，一边帮埃兹拉放下拐杖。她把埃兹拉扶回床上,给他盖好毯子,然后准备下楼去厨房。埃兹拉靠在床头,叹了一口气。

"您今天感觉怎么样?"我问特伦特太太。

"好些了,妮尔。"她微笑着说,"我好多了,谢谢。"她生病以来,头发掉了不少,人也瘦了,但从她走路的背影看,有力气了。

"嘿,小牧,"埃兹拉说,"我准备好听课啦——牧羊课第一节。"

"你叫我什么?"

"小牧啊,这是'牧羊人'的简称。"

我不知道他为什么不叫我的本名。"你想学哪方面的?"

"首先,"他说,"为什么老是要去驱赶羊群?妈妈说你每天都会把它们从一个地方赶到另一个地方。"

我笑了:"也不是每天。再说,它们不会介意的。这也是为它们好。在下第一场大雪之前,我们每周都会更换放羊的地点,一两次吧。这样既能让羊群吃到新鲜的草,又给草地休养生息的时间。"

"循环牧羊?"

"算是吧。现在国内像这样放羊的已经不多了。很费时间,但效果很好。"

谈论农场的事,让我感到很自在舒服。我坐在花布椅子上,伸直了腿,手放在大腿上,脚上的袜子松松地落在脚踝处。

埃兹拉嗅了嗅:"你最近洗澡了吗?"

"呵呵,也难怪你会这么说。我刚跟外婆在地窖里翻奶酪呢,衣服上可能带了点味儿。"

"翻奶酪?"

"嗯,外婆用羊奶做奶酪。"

"你会挤羊奶吗?"

我几乎得咬着腮帮子,才能忍住不笑出声来:"当然会啦。但是现在不是挤奶的时候,要等小羊生下来以后。春天、夏天,然后一直到秋天结束,都需要挤奶。"

"现在不挤奶,那你们怎么做奶酪呢?"

"我们去年春天就开始做啦。做奶酪需要很长时间。"

埃兹拉捡起被子上的一个线头:"其实你们根本不需要外面的世界,对吗?"

他的问题让我惊讶。我们当然需要外面的世界了。没有外面的世界,我们的奶酪、羊和羊毛,还有那些木材,就没有市场。

"有些事我们自己在这里就能做,"我说,"但我们仍然需要外面的世界。否则,我们干吗要养那么多羊呢?"

"用自己的木材取暖,吃自己种的蔬菜、水果,自己还做奶酪。我真想过上这样的生活啊。"

埃兹拉的眼神透着兴奋,仿佛我和外婆有无数的秘密,不告诉他,他就坐卧难安似的。

"行啊,"我说,"我不会阻止你的。"

"那下雪以后,羊吃什么呢?"他问。

"干草。"我说。得把一大捆一大捆的干草扛上卡车,运到牧场,再一捆一捆地卸下来。只是想想那工作量,我都觉得背疼。

躺在床上的埃兹拉挪了挪身子。

"给一只羊剪羊毛得花多长时间呢?"

我咬着拇指,有一块皮破了:"剪一只需要几分钟,但全部剪完需要好几天。"

"全部?"

我点点头。

"全部是多少?"

"现在有三百多只。春天会淘汰一些,不过大部分都能留下来。"

我一直回答着他的问题,直到他说话的声音都变沙哑了。有时候他会打一个小盹儿,然后醒过来又问另外一个问题。

他几乎不知道农场是什么样子,只在外婆把他从医院接回来的那天看过一眼。住进来以后,隔着窗帘,他只能模模糊糊地听见一些声音。这些,再加上我们告诉他的,是他对农场的全部了解。

我准备离开时,埃兹拉把手背到脑后。我几乎都走到大厅了,又折了回来。

"你一整晚都在问我问题,是吧?"

他点点头。

"那我能问你一个问题吗?如果你不想回答也没关系,这个问题有点儿涉及隐私。"

埃兹拉看上去有点儿不自在了。

"是关于你眼角上的那个伤疤,是怎么弄的啊?"

他松了一口气。也许,他以为我要问他关于那场事故的问题。要是那么想的话,只能说明他还不太了解我。

"我当时大概只有五岁,"他笑着说,"在床上跳着玩弄的。我妈妈说过不能跳,但我不听话。"

我看着他,想象着他五岁时的模样。

"当她看到我流了那么多血时,人都吓傻了。是我爸爸把我背到医生家去的,就在马路对面。"

看着眼前的他,真难想象就在几天前,我还以为这间屋子会再次吞噬一条生命,埃兹拉会离开我们。

"你知道吗,小牧,"他说,"我觉得自己就像那种鸟,凤凰。它烧死以后,会在自己的灰烬中重获新生。"

我望着他。我从来没听说过这样的鸟,但我想我会永远记住的。

"活着感觉真好,小牧。"埃兹拉说。

我瞥了一眼靠在墙上的拐杖,外公做的拐杖。那是我和他一起去砍的木头,看着他把树枝削直,磨光,上漆。

外公已经去世了。

但埃兹拉还活着。

## 12

很快进入了十二月,埃兹拉恢复得不错,但走路仍需要拄着拐杖。

每次下楼时,我都会先大喊一声:"嘿!埃兹拉,你穿好衣服了吧?"

"那得看你觉得什么算'好'了。"埃兹拉总会挑挑眉毛,这么回答我。

他经常会问我关于学校的事,外面天气如何,还有外面世界的变化。

我真担心他再一次病倒。他把自己逼得太紧了,每天都在房间里一瘸一拐地坚持练习走路。有时候,他每个小时都要下床练习,有时候因为太过劳累,不得不卧床休息。

我很纳闷儿,这家伙怎么没把特伦特太太逼疯?每次只要我去那间卧室,特伦特太太就会离开房间,要么去洗澡,要么去厨房跟外婆聊天。

我也很纳闷儿,为什么埃兹拉总是在他的房间里练习走路,却从不迈出房间半步?

不过这些事我也没有想太多。这样也挺好,至少我知道上哪儿去找他。

这段日子以来,周一到周五应该由我来干的大部分农活儿都由外婆来做。她总说:"等你放学回家已经不早了,干不了什么活儿。"因此她揽下了农场上的活儿,好让我有空多陪陪埃兹拉。

不过周末的活儿都由我来做,因为这个时候,外婆要忙着做些"案头工作",比如补上挤奶、产小羊之类的记录等。

羊圈得打扫打扫了,用作肥料的羊粪已经堆成了小山,需要用拖拉机运走。我已经来来回回用拖拉机搬运了一个礼拜了,估计还得两三个星期才能拉完。

有时候蒙茜会过来陪我。等我干完活儿,她总能想出个主意,让我多跟她在外面待会儿,比如去牧场上滑雪,或者是打雪仗。

每次我回家去找埃兹拉时,总是满脸通红,身上带着湿湿的羊毛和雪的味道。当我迈着大步走过大厅,总能感到一朵微笑在心头绽放,仿佛一片新生的绿叶舒展开来。

一个周六,蒙茜从山上急匆匆地跑下来找我,催我快点儿干活儿。因为头天晚上刚下了一场雪,有五英寸[①]厚,那时候打雪仗简直是再好不过了。头顶是蔚蓝的天空,脚下是白雪皑皑的山丘,连绵起伏,直至远方。

干完农活儿以后,蒙茜踮着脚,用一只靴子在牧场边的一块地里画了一条分界线。凯勒布蹲坐在我身边,它的尾巴左右摇晃,在雪地里扫出一个扇形。

"首先,我们要建一个碉堡。"蒙茜说,"选一个做你的工具。"

蒙茜一手拿着一只沙桶,一手举着用来做"雪砖"的塑料边框。

我选了"雪砖"。

然后我俩隔着分界线,背靠背站着。蒙茜数着数,

---

[①] 1英寸约合 2.54 厘米。

我们各自往前迈了十步。溪谷那边传来她的回声。

凯勒布兴奋地在我俩身边跳来跳去,有时还用鼻子顶顶我的屁股。靴子踩在雪地里,发出"嘎吱嘎吱"的声音。走路我就有优势了,腿长步子迈得大。同样是十步,我就比蒙茜走得远。不过要是铲雪的话,蒙茜的胳膊比我更有力气。

我时不时抬头朝房子方向望去。埃兹拉这会儿在干吗呢?尽管有蒙茜在,我还是希望他房间的窗帘是拉开的。可惜没有。

蒙茜很快就把她的城墙修好了。这丫头干什么都是快手。她一修好外墙,就躲在后面开始做雪球炮弹。凯勒布欢快地叫着,把鼻子埋进雪地里,然后猛地一拱,积雪飞上了天。

我每隔几分钟看看蒙茜的进度,拼命想追上她。

"你就等着吃冰吧,妮尔·萨姆纳。"蒙茜得意地喊着。她还戴着防护口罩。

本来我的动作就没有蒙茜快,再加上个子比较高,城墙的外墙还得再修高点儿。最终,蒙茜成功地打响了雪仗第一炮。

"犯规!"我喊了一句,停下修城墙的活儿,赶紧滚了一个雪球,"我还没准备好呢!"

凯勒布在雪地里疯跑,清冷的空气中回荡着它的叫声。

蒙茜又朝我扔了一个雪球，我赶紧躲到了城墙后面。

我加紧生产雪球，手套上沾满了雪。经过仔细研究，我发现蒙茜的城墙有一处比较薄弱，于是集中火力进攻，在那儿打出一个缺口。凯勒布从倒塌的城墙上跳了过去，朝蒙茜叫个不停。

蒙茜没了城墙保护，直接朝边界线走来，竟想跟我"肉搏"。我的防御丝毫没起作用，城墙被蒙茜扳倒了。

到了午后，我俩已经从头湿到脚，从里湿到外了。

"我投降。"我说。

身穿防雪服的蒙茜环抱双臂，幸灾乐祸地看着我。

我俩互相帮对方把身上够不着的积雪拍掉后，便一块儿往家走。凯勒布开心地在前面带路。身后，从瑞普雷家的地盘传来他的喊声，他在召唤他家的狗。我们停下脚步，顺着声音传来的方向望去。

没多久，瑞普雷就从树林里冒了出来。

凯勒布跑到我的脚边坐下，一副十分警觉的样子。

自从上次泰若斯又咬死我家一只羊后，瑞德·杰克逊就警告过瑞普雷，让他给狗拴上链子。瑞德说过，要是泰若斯再来侵犯我家的羊群，我们有权射杀。他还发誓说，要是再被他发现泰若斯因为没拴绳子而跑掉，他就会一枪毙了那条狗。可是今天，泰若斯似乎又在跟它的主人玩躲猫猫。从这情形看，要么是瑞普雷根本没把瑞德的话当回事，要么就是他根本管不了那条狗。

"你俩看见我的狗了吗？"瑞普雷朝我俩大声喊道。

我摇了摇头："它跑了有多久了？"

"昨天晚上不见的。"瑞普雷说。

早上我检查过整个牧区，一切看起来都很正常。可现在泰若斯又不见了，我有些担心我的羊群。

身后的蒙茜弯下腰，裹了个雪球朝我扔过来。我躲开了，雪球飞到小路对面，落在瑞普雷的脚边。

"你俩想打架吗？"瑞普雷也裹了个雪球。

"你那是干什么？"我冲蒙茜小声嚷道。

"嘭"的一声，我还没搞明白发生了什么事情，瑞普雷的雪球就飞了过来，正中蒙茜的胃部。被击中的那一瞬间，她的呼吸仿佛都凝固了，就像小羊降生的那一刻。蒙茜弯下腰去，凯勒布朝她跑去，发出低低的叫声。

"瑞普雷！"我大喝一声。

我急忙跑到蒙茜身边。"你还好吧？"

她点点头,却说不出话来。身上的防雪服因为摩擦,发出一种尼龙布料特有的声音。

瑞普雷又扔来一个雪球,打中了我的腿。凯勒布绷紧了身子,背上的毛都竖了起来。

"别闹了!"我朝瑞普雷喊道。

"别闹了。"瑞普雷尖着嗓子学我。

凯勒布咆哮起来。冰冷的空气把它的叫声一直传到了很远的地方。

瑞普雷往后退了一步,把雪球从左手扔到右手,再从右手扔到左手,但没再朝我们扔过来。"看到我的狗,马上告诉我。"

"好,我会通知你的。"

回家的路上,我一直用胳膊架着蒙茜,让她顺着车轮碾过的路走。走在雪被压实的路面上能轻松一点儿。

蒙茜慢慢地能直起腰来了。

"你干吗要朝他扔雪球啊?"

"我没有啊,我是想打你来着。"

"那你的瞄准技术真是太烂了。"

"是你躲开了。我以为要是我俩谁也不理他,忙我们自己的事,他就会走开的。"

凯勒布已经快跑到羊圈了,把我俩远远扔在了后面。突然,蒙茜停下脚步,盯着我家房子看。

太阳已经落山了,雪地里投下长长的阴影。外婆把家里的灯全部打开了。黄昏下,整幢房子散发出玫瑰色的光。从我们站的地方望过去,埃兹拉的房间正好在棚屋的后面。

他房间的窗帘是拉开着的!

我曾经期待过这一天,可现在看到了,心里又紧张得要死。

夜幕还未降临,透过高高的卧室窗子,能清楚地看见两个人影。埃兹拉正朝窗外张望,脸上的口罩遮住了鼻子和嘴,他的妈妈待在身边。

"他们是谁?"蒙茜问。

我转身朝瑞普雷家的地界望去,他已经没了踪影。还好他没看见。

我转过身来,窗帘又拉上了。

蒙茜微微有些发抖:"他们到底是谁?"

"快走吧。"我说,"你太冷了,我送你回家。"

"你不会告诉我他们是谁,对吧?"蒙茜说。在她家门口玄关处,她一边拍掉靴子上的积雪,一边质问我:"对吧?"

被雪浸湿的衣服紧紧裹在我身上。

"好吧,如果你没什么话要跟我讲的话,"蒙茜声音里透着愤怒,"我也没什么可跟你说的。"

走在回家的路上,我有些发抖。一半是因为紧张,毕竟蒙茜看见埃兹拉了;一半是因为兴奋——他恢复得不错。树林和小山坡在路上投下了沉沉的影子。

外婆在餐桌上给我留了杯淡咖啡。

"我看见埃兹拉站在窗户边上。"

外婆点点头。

"我换好衣服就去找他。"我说着,迅速脱下了湿外套,冲上了楼。

腿疼,脚麻,胃饿得差点儿抽筋,而且我还想上厕所。飞快地换上干衣服后,我照了照镜子,脸被冻得有些刺痛。

"妮尔?"外婆在楼下叫我。

她站在通往我房间的楼梯口,仰头望着我。一只布满老年斑的手搭在门框上,发网里的头发有些凌乱。

"马上就来。"我回头应道,然后转身面对镜子,想把头发理顺,结果是越折腾越乱。

埃兹拉一定能活下去!他自己现在也有这个信心了。看哪,他已经愿意把窗帘打开了。

身后传来重重的呼吸声,有那么一瞬间,我以为只要转过身,看见的会是埃兹拉。

外婆站在通往我房间楼梯的最高一级台阶上，从她身上传来一股咖啡的味道。我想起楼下餐桌上，还有一杯热气腾腾的咖啡等我去喝呢。

"妮尔？"外婆又唤了一声。

看着镜子里乱蓬蓬的头发，我很恼火。顶着这么糟糕的发型，叫我怎么去见埃兹拉呀。

外婆挨着贝雷在窗台边坐下来。这窗台还是当年外公专门给我做的呢。

我已经顾不上跟外婆说话了，满脑子想的都是赶紧下楼。我抓起一本书："现在没空，外婆。"

"就现在。"外婆语气坚定。

我把书放在床头柜上。

"埃兹拉一天天好起来了。"外婆说。

"那为什么我不能去看看他呢？"

"不是不让你去，是让你现在别去。"

我面对着外婆坐在床边。贝雷从窗台上跳下来，然后跳上床钻进我怀里，转了一圈儿后，还是决定蜷成一团安顿下来。

外婆问："你觉得埃兹拉怎么样？"

我挺镇定："最开始，我是不太乐意他搬来跟我们住。"

外婆点点头。

"我其实是害怕那间屋子。"

"那你现在不害怕了?"

想想我现在是多么喜欢去那间屋子啊。那里现在是埃兹拉的房间了。尽管特伦特太太也住在那里,尽管它还是原来的那间卧室,可是我现在满脑子想的只有埃兹拉。

"你俩还合得来吗?"

我耸耸肩,算是吧。

"很合得来?"

"外婆,你是又要给我讲你那些道理了吗?"

"你跟羊群打交道的时间太长了,所以你不需要听我讲这些了,是吗?"

月光透过窗户照在外婆的肩上。

"那你接着说吧,我不介意。"

"留着下次再说吧。妮尔,其实我要说的你都懂的,他总有一天要离开的。而且最好在你俩走得太近之前,就让他们走。反正他现在也恢复得差不多了,他们随时都可以离开。"

"是我们养不起他们了吗?"

"跟这个无关。只要我们自己还有饭吃,有衣穿,养活他们就不成问题。"

"那是为什么?他们离开这儿又能去哪里呢,

外婆？你自己说的，他们已经没有任何亲人了。"

外婆坐在窗台上，平静地望着我。

"妮尔，你知道吗？除了死亡，还有一些其他的分离，也会让人很伤心。"

我抚摩着贝雷，努力不去听外婆说的那些话。"我知道。"那一刻我想起了爸爸，"我懂的，外婆，我只是希望埃兹拉能尽快好起来。"

"那就好。"外婆接着说，"那个护士跟我说埃兹拉得增加些户外运动。他毕竟是个十五岁的男孩子，得出门透透气。"

记忆中，埃兹拉拄着外婆的拐杖，努力地练习走路，可他从没踏出过房间半步。直到现在，特伦特太太每天还要给他倒便盆。

我曾经害怕走进那间卧室，而埃兹拉是怕离开那儿。"他害怕走出去。"我说。

"我们知道。但他今天已经把窗帘拉开了，这就是第一步啊。是他听见你和蒙茜在外面打闹了一下午，才同意我们拉开的。事先还让我们拿着辐射探测器把整扇窗子检查了一遍。尽管查出来的辐射值很低，他还是坚持要戴上口罩。幸好你的口罩还留着。所以，妮尔，下一步我们得鼓励他勇敢地走出去。"

"那万一他出了门,病情又加重了怎么办?"索贝尔先生说过,辐射会在体内不断积淀,人身体里那些已经受损的细胞,是无法修复的。而且每暴露一次,身体里就会有更多的细胞受损。

"妮尔,我现在已经不用再检测家里的辐射了,我们已经安全了。他的病不会再复发的。"

"你敢把你刚才说的话写下来吗?"我问。

"写下来没有任何意义,"外婆说,"生命没有保证书。你应该明白的。"

是啊,生命没有保证书。

就在上个月,一切都变了。每个地方或多或少都发生了些变化,因为北哈佛山已经开始感受到核辐射的影响。人们得去找干净的食物和水,控制花销,找代课老师——因为已经有人没法儿继续上课了。汽油开始限量供给,食用油得省着用,供暖用油已经十分紧缺了。

不过,在埃兹拉身上的变化是好的。慢慢地,他不再有辐射病的症状。病症一天天减轻,身体一天天好起来。

我努力让自己不去想那些糟糕的事情。此时此刻,埃兹拉是最重要的,而他正在一天天好转。

## 13

我经常看见埃兹拉躺在床上,整个人显得筋疲力尽。白天我在学校上课——上学的时间总是过得很慢,外婆和特伦特太太在家里帮埃兹拉练习。她们都等着我能想出办法,让埃兹拉走出房间,去外面活动,可我一点儿辙也没有。

有一天晚上,埃兹拉看上去尤其疲惫。

"我今天不能陪你很久。"我说。

"作业很多?"他问。

"算是吧。我得去外面看流星雨,是家庭作业。"

"这个季节有流星雨?"

"大部分时间是在夏天,但我们科学课老师说今晚有一场。"

"那你明天会告诉我,你都看见了什么吗?"埃兹拉说,"行吗,小牧?"

他眼睛一亮,似乎挺感兴趣。

"你可以自己去看呀。"

"对呀,我可以的。"埃兹拉有些兴奋地说,"从窗户这里看。"

我耸耸肩说:"在室外看感觉会完全不同的。"

"嗨,"埃兹拉说,"你也是一名完美主义者吧,是吗?"

"我不是。我只是猜测你应该会喜欢看,我是说,去室外看。要知道隔着窗户,其实什么都看不清楚。"

"不一定吧,没准儿你会被吓一跳。"埃兹拉说。

"才不会呢,被吓一跳的应该是你。"

埃兹拉把额前的鬈发揽到一边:"你不相信我能离开这间屋子,是吧?"

我低着头不作声。

埃兹拉一把掀开毯子,站了起来。他拿过拐杖,一阵风似的走向房门。挂在穿衣镜前的口罩,被他经过时的步伐带得摇晃了一下。可是走到门口，他又停了下来。

他站在那儿，犹豫着，脖子上血管的颤动都清晰可见。

你能行的，埃兹拉。我在心中默念，祈祷他能勇敢地再往前迈一步。

可是他没有，恐惧让他望而却步。他肯定知道，他已经受到了很严重的辐射，对他而言，再多一丁点儿都将会是致命的。

他想要活下去，因为太渴望活下去，所以不敢冒这个险。这个房间，虽然曾经夺走了外公和妈妈的生命，却给了埃兹拉生的希望。

埃兹拉慢慢转过身，一瘸一拐地挪到床边。他把拐杖扔到一边，自己瘫倒在床上，像吃了败仗的士兵，整个人似乎垮掉了一样。他转过头去，不再看我。

屋外，黑暗吞噬了一切。我裹着厚厚的羊毛外套，顺着去蒙茜家的那条路，走到半山腰。我仰头凝视夜空，搜寻流星雨的踪迹。还好，核泄漏影响不到美丽的星空。

一颗流星拖着白色的尾巴，划过瑞普雷家田地的上空。

山梁上传来狼狗的嚎叫声,打破了寒夜的静寂。凯勒布在我腿边发出呜咽的声音。

如今,泰若斯不知去向,再加上冬季饿狼的威胁,我真担心羊群的安全。"瑞普雷说得对,"我对凯勒布说,"我们确实需要养一条警卫犬。"

一条来保护羊群的狗,而且可以把这条狗送给埃兹拉。我还记得埃兹拉来我家的第一天晚上,当时我蹲在他房间门口偷看。卫生间的灯光从我身后照过来,轻柔地洒在他——一个徘徊在生死边缘的鬈发男孩儿的身上。我记得他当时说的那句话:"我养过一条狗。"也许是时候让他再养一条了。

又有一颗流星划过天际。外面太冷了,我有些发抖,但脑海中浮现出一幅埃兹拉与狗的画面——他在牧场上欢快地跑着,身边跟着一条大白熊犬。

"埃兹拉一定会喜欢那样的狗。"我对凯勒布说,"他们太像了,都挺固执的,而且都有一双大脚。"

那个周末,外婆开着小卡车,把我带到北边的赫兰德农场。赫兰德太太说他们这儿也能感受到库克郡事故的影响。核辐射倒是没有,但所有运到本地的货物,必须产自北边或西边的地区,往南的通道已经被政府切断了。

我们买下了她家仅存的一条小公狗。赫兰德太太领着我们去了她家羊圈,小家伙正跟羊群挤在一起。

回家的路上,我一直抱着这条肉乎乎、毛茸茸的小狗,一遍又一遍地抚摩它那可爱的熊脑袋,还有垂下来的耳朵。小狗身上有一股橡胶味儿,刚出生的小狗都这样。埃兹拉知道自己能再养一条小狗时,会有怎样的心情呢?我无从得知。小狗那双杏仁状的眼睛总让我想起他。

特伦特太太见到小狗时高兴地拍着手笑了:"这真是太好了!"

埃兹拉正坐在床上看书,我专门为他借的。我把小狗藏在毛衣下面,它不安地蠕动着。

书里的故事一定很吸引人,起初他都没注意到我。我站在门口等着。终于,他抬起了头,看到我,咧开嘴笑了。

"你拿着什么?"

"过来自己看吧。"我说。

埃兹拉的双眉挑了起来,缩进卷卷的刘海里不见了。"你是要我掀开你的毛衣自己看吗,小牧?"

我脸红了,立刻把藏在衣服下的小狗拿了出来:"这是给你的。"

我原本以为他会——其实我也不知道他会有什么反应,但至少,他会喜欢小狗的吧。

可是埃兹拉脸上的笑容消失了:"你把这条狗带到这里来干什么?"

"这是礼物啊,"我说,"给你的礼物。我和外婆一起送给你的。"

埃兹拉的脸上只剩下惊恐的表情:"把它拿走,快拿出去!"

"埃兹拉,你怎么了?"

"拿开它!"

他害怕得声音都在颤抖。

"埃兹拉,你到底怎么回事?"他让我感到有些害怕。

"拿走!"他几乎是尖叫着喊道,"拿走!"

我把小狗抱在胸前,冲出了他的房间。

站在厨房里,我紧抱着小狗,努力让自己停止颤抖。

外婆给小狗找了一只纸箱子,在里面铺了一条旧浴巾。她把盒子放在厨房的炉子旁边,算是给小狗一个临时的家。

本以为小狗能跟埃兹拉待在一起。

再过一个月,它就会没日没夜地待在外面了。警卫犬是不会待在家里的,它们应该和羊群在一起,那儿才是它们的世界。但现在外面太冷,小狗还太小，会暂时待在室内。不过这段时间不会太长。

我以为一切都会很完美，在小狗长大以前，正好能有一个月的时间，陪在埃兹拉身边。等他俩都准备好了，就可以一起走出家门。

小狗趴在箱子里咬纸板玩，纸板在箱子里摇摆。它不断咬着纸板，并用一只大爪子拍打着，唾液弄得纸板有些潮湿。玩够了纸板，它就躺在浴巾上睡着了。

第二天一早，我把小狗带去牧场，想让它跟一群成年的母羊待一天。眼角的余光告诉我，埃兹拉房间的窗帘是开着的。"希望你在看我们。"我心里默念着。小狗欢快地在路上连蹦带跳。蒙茜看见了小狗，但她什么也没问。自从她看见埃兹拉以后，就一直跟我保持着距离。

下午放学，我刚下校车，就见小狗一蹦一跳地穿过牧场，朝我奔来。它跑到我身边，用牙齿使劲拽着我的鞋带。我去查看了一下羊群，就抱着它回了家。

"你今晚还会把小狗再给埃兹拉送去吗？"外婆问。

我拿着一条旧晾衣绳，在小狗面前晃来晃去，逗它玩。它神气十足地冲绳子叫了几声，是那种小狗宝宝特有的高嗓音。

我耸耸肩。

"带去吧。"外婆说。

所以，晚上我去看望埃兹拉时，小狗也去了。我给小狗戴上了一顶羊毛帽，还在它的粗脖子上系了个铃铛。

帽子有些沉，小狗摇摇晃晃地走在埃兹拉房间的地板上，最终还是把帽子从脑袋上甩下来，用爪子拽着走。有时候，它会被帽子绊倒，在地上打滚。每走一步，脖子上的铃铛都会发出清脆的响声。走到埃兹拉床边时，它扔下帽子，用鼻子到处嗅。

"它会在这儿撒尿的。"埃兹拉说。

"不会的。"今晚我可不想听他啰唆。

"我跟你说，它肯定会在这儿撒尿的！"埃兹拉害怕得不行，"我知道狗什么时候想撒尿。别让它在我这儿撒，求求你了。"

"你干吗这么害怕呀？小狗要撒尿，就随它去呗。它毕竟还那么小。我会打扫干净的。"埃兹拉的样子真是太傻了，让人看着都生气。"看来我应该把它放到你床上去，"我说，"让它撒在你身上。"

"别！"埃兹拉哭喊道。

我把小狗从地板上抱起来，犹豫了一下，还是把它扔在埃兹拉身上:"为什么不呢?"

坐在床上的埃兹拉盯着小狗看。小狗摇摇晃晃地站起来,也盯着他看。

"它很乖的,埃兹拉。"我说。

埃兹拉就那样坐着,一动不动。

就在这时,小狗蹲下来,尿了。

"噢!天哪!"埃兹拉尖叫一声,一巴掌把小狗拍下了床。小狗被突然的一击吓得尖叫。它掉下床,跌在地板上,低声呜咽起来。

"你听听,"埃兹拉扯着嗓子喊,"它有病,你居然把一条病狗扔在我身上!"

埃兹拉用力扯下盖在身上的毯子:"你根本不明白,你不知道这狗身上有多少辐射。"

"辐射?"

特伦特太太跑进了房间。

"它能要了我的命!它尿里的辐射就能要了我的命!"

"它不会的,埃兹拉。"他简直有些不可理喻。

我抱起小狗,轻声安抚着它,想让它从惊吓中冷静下来,同时也想让自己冷静下来。

"不会有问题的。你看,它根本没有辐射,不可能有。是去北边买的,很远很远的北边。它是安全的。"

埃兹拉的脸因为恐惧而变了形,他根本没有听我在说什么。他什么话都听不进去了。穿着破旧、肥大衣服的特伦特太太想要上前一步,但被我挡住了。

"埃兹拉,小狗没有生病,是你让它受到了惊吓,仅此而已。它尖叫是因为被你吓了一跳。听着,它只在它喜欢的人身上撒尿。你不会以为它随便在谁身上都会撒尿的吧?"

埃兹拉下了床,靠在墙角瑟瑟发抖。

我抱起小狗,想要靠近他一些。可看他那样子,恨不得要钻进墙缝里去。

"它受了核辐射,已经快死了。"他哭着说,"它就快死了!"

我也失去了耐心,吼叫道:"这条狗一点儿问题都没有!没有辐射,没有毒,什么都没有。它只是一条普普通通的小狗,仔细看看,埃兹拉!"

"快把它拿开!"埃兹拉尖叫着,用手臂遮住了脸,"把它从我身边拿走!"

"是谁以前跟我讲过,他就像那只重获新生的鸟,啊?"我再也受不了了,"你说过你是凤凰。可是你看看你现在,根本不打算迎接新的生活。"

埃兹拉垂下头,视线放在自己的双脚上。那双光脚皮肤苍白,透着蓝色。他体内的血液循环太缓慢了。他似乎再也没有力气支撑自己,突然跌坐在了地上。

"别让我再爱上什么,我不想再爱了。"他将脸埋在双手中,嘀咕着。

特伦特太太在儿子身边蹲下来,帮他重新站起来。她眼睛下面有着重重的黑眼圈,几乎是挣扎着想把儿子扶到床上。

"不要!"埃兹拉哭喊着,"我不去那张床。"

特伦特太太把他扶到自己睡的那张小床上。"妮尔,你能让我们单独待会儿吗?"她说。

"好吧!"我很生气,"随便你们。"

我抱着小狗,冲出了房间,把特伦特母子甩在身后。

# 14

那天晚上，我躺在床上，听见楼下厨房传来说话声。声音顺着壁炉，穿过楼板，一直传到我房间里。是外婆和特伦特太太在聊天。经过这几个礼拜，她俩已经成为朋友了。这两个人实在没有任何共同之处。换成平常日子，恐怕她们根本不会认识对方。可现在不是平常日子，在当下的这段非常时期，她们中间有了某种联系。

我拽过一只枕头，把脑袋蒙住，不想听她们在说什么，可我脑子里却不由自主地想象她们此时此刻的样子——两人凑得很近,各自手里端着一杯热气腾腾的咖啡,声音时高时低,仿佛夏日的蝉鸣。

第二天一早,外婆站在炉灶前,手里拿着铲子,在用平底锅煎鸡蛋。

"等干完早上的活儿,我打算开车送你去曼彻斯特。"她说。

"曼彻斯特?"

"嗯,今天上午我得过去一趟,是生意上的事。你呢,顺便把圣诞节物品采购完成了。下午六点左右,我再过去接你。"

以前去库克郡的路好走,而且商店更多,所以我们一般都去库克郡买东西。可现在库克郡被毁了,还有必要过圣诞节吗?

"埃兹拉怎么办?"

外婆只顾着锅里的鸡蛋,对于我的问题干脆当没听见。

我切了一片奶酪,小口小口地吃起来。

"那可不可以叫上蒙茜跟我们一起去曼彻斯特呢?"我想如果蒙茜愿意去的话,也许我们的关系能缓和一下。可我不敢确定她愿不愿意。

"去问问她吧。"外婆说。

曼彻斯特银装素裹。树和房子上面都铺着厚厚的一层雪，每一盏路灯上都环绕着锡箔纸做的花环，每家每户的窗户和正门上都缠着圣诞常青藤。

在北方书店的橱窗里，有一个戴着口罩的塑料圣诞老人。有几个顾客也戴着口罩。看来戴口罩的蒙茜有伴了。

蒙茜同意跟我们同行。但她一上车，便紧挨着车门坐着，我真担心她会摔下去。等外婆离开后，只剩下我们两个人时，她才稍微热情一点儿，逐渐恢复了原样。

我跑到一个装饰精美的橱窗前，趴在玻璃上往里看，想要把眼前的景象全部装进脑海里。里面是一棵装饰着缎带的圣诞树，一个美丽的小天使站在树顶，正欢快地转着圈儿。

"看我，妮尔。"蒙茜甩着她的罗圈腿，在泥泞不堪的街沿上转着圈儿，模仿着圣诞树上的小天使。以她的个子，那个橱窗没准儿还真能装得下她。

我跟着她笑了。

有几个女同学看见了我俩，打了个招呼又走开了。能在这里遇到她们，我也很吃惊。事故发生之前，没人会从北哈佛山镇跑到曼彻斯特来购物吧。

走在拥挤的街道上，蒙茜和我总是保持着距离。

我们总是在踏进一家店铺后,围着各个柜台转一圈儿,然后再回到街面上来。

快到午饭时间了,蒙茜示意我去一家咖啡馆。我们在门口站了一会儿,眼睛才适应了里面昏暗的光线。

蒙茜和我被带到一张桌子前,我们面对面坐了下来。

"瞧这个小家伙。"女服务员评论道。她指的是蒙茜。她翻开菜单问我:"她也是那种人吗?怎么说来着?"

"侏儒?"蒙茜说。

但女服务员只跟我说话:"这段时间她正好可以打打工啊,扮成圣诞老人的小助手。没准儿她就是呢。这会儿趁工间休息,来我们这儿喝杯东西。"

她为自己的笑话得意地笑了。

我坐在那儿,为蒙茜感到尴尬。为什么人们总是这样对待蒙茜——不顾她的感受,甚至当她不存在。

"请问洗手间在哪儿?"蒙茜问。

女服务员没有回答问题,倒是捏了捏蒙茜的脸告诉我:"她真是可爱。""洗手间在那个角落,"她对我说,"就在后厨旁边。"

我的心跳迅速加快。

蒙茜竖起眉毛，淡蓝色的眼睛里满是怒火，对着女服务员瞪了好一会儿，才站起来朝洗手间走去。

我应该站出来维护她的，为什么没有呢？

蒙茜回来的时候已经冷静下来了，她已经不再为刚才那件事生气了。

"你看见这个了吗？"我指着桌上贴着的一张通告，这里几乎每张桌子上都有。上面写着：本店所有食品、饮料都不含核辐射，请放心食用。

我差点儿就想说，埃兹拉要是看到这纸条，该有多高兴。但还是忍住了。

我们正吃着三明治、喝着可可，突然看到同班同学丹·泰勒和另外三个男生冲进了咖啡馆。

尽管有口罩挡着，我还是能察觉到蒙茜皱了皱鼻子。

"世界真是小，到处都能碰见熟人。"蒙茜故意说得很大声，男孩子们都听见了。

丹摸了摸他的软呢帽，笑了。

男生们趁等位的空当，跟我们开着玩笑。我们旁边那桌正好先收拾干净了。

蒙茜做什么都很快，吃饭也不例外。一吃完东西，她就从桌上的小碗里抓了一把糖包，把它们当小球用食指弹着玩，而目标则是我。可惜她瞄准技术太差,每次都打不中,第五袋直接飞过我头顶,掉到男生那桌旁边的地上。

丹俯下身把糖包捡起来,撕开,将里面的砂糖倒进自己的水杯里,搅拌均匀后,喝了一口。"啊。"他咂咂嘴。

其他男孩儿也都抓起桌上的糖包,争先恐后地模仿丹的动作。

"你们这么做不会是都喜欢我吧?"蒙茜问。

除了丹,其他男生都赶紧把自己的水杯推开。

但丹·泰勒脱下帽子,举在手中,坐在椅子上朝我俩很夸张地鞠了两个躬,先是对着蒙茜,然后又对着我。

我俩立刻凑近对方。这是一天来蒙茜离我最近的一次。

她说:"我觉得丹喜欢你。"

"你疯了吧。"我咬了一口酸黄瓜。

"我才没……"

话音未落,一袋粉色的糖包落在我俩之间。

"难道没人喜欢我吗?"丹问道。

蒙茜脸上一副恍然大悟的神态。

我拿起粉色的糖包,头也不回地往身后那桌男生扔去,居然正好扔进丹的水杯。

"真准啊,萨姆纳,"丹说,"标准三分球。"

"萨姆纳得了三分。"其他男生跟着起哄。

我感到脸颊一阵发烫。我喜欢丹,不过不是男朋友那种喜欢,就是喜欢而已。他很有趣,有点儿像埃兹拉。

男生桌上有一个人假咳了一声,然后突然间,十多袋粉色糖包下雨似的砸向我和蒙茜。

那个女服务员急了,冲我们大声喝道:"你们这些孩子,别闹了!"

"是呀,"蒙茜说,"快别闹了,你们这些孩子。"

"嘿,小矮人,你干吗不滚回你的窝棚,找你那七个矮哥哥呢。"其中一个男孩儿冲蒙茜嚷道。

丹一巴掌打在那男孩儿的胳膊上。

"我们走吧。"我对蒙茜说。

我们结完账,离开了餐厅。

逛了一天,我买齐了圣诞节物品,在城里待的时间也够长了。我们计划六点一刻去电台录音棚门口跟外婆会合。现在还有十五分钟时间。

"我们去里面等吧,"我对蒙茜说,"你都冷得发抖了。"

室内放着一排一排电视机,一共有三十台,屏幕尺寸不一，但都锁定在本地台。没有声音，只有画面。

我俩站在那儿看着。当地的播音员坐在桌子后面，正在播报新闻。不过我们听不见他们说了些什么。

第一段视频讲的是库克郡的核电站。核电站的一边被炸开了一个大口子。电视屏幕被一个黑黑的、炸得破碎不堪的大洞占满了，地上到处散落着爆炸中遗留的碎片，直升机带着辐射检测装置，依次停留在每一幢建筑的上空，检测辐射数据。整个事故现场，有许多抢险消防员攀爬在废墟之上，身上的防护服跟宇航员一样。

第二段视频是关于新哈佛镇的大堵车。大人们在吵架，小孩子们蒙着毯子，躲在无人驾驶的车后座上。这一段我们在学校也看过。

接着，镜头转成航拍画面扫过一片区域，城市和乡镇的居民已被转移，剩下的是连绵几英里的无人区。一切看上去似乎都很正常，只是空无一人。洛根机场的跑道上空，一只橘色的风向袋迎风摆动。波士顿的商业区空空荡荡。

不过，也不完全是空空如也，这里还剩下一群野狗。它们已经瘦得皮包骨头，看上去十分危险，孤魂野鬼似的穿梭在马路上和那些被遗弃的汽车之间,到处寻找着食物,偶尔互相撕咬一番。

画面上出现了一个拥挤的疏散中心,病人们躺在医院的地上,无处安置的尸体装在袋子里。男人们放声大哭。一个小孩儿眼睛空洞地大睁着,坐在一个透明的塑料帐篷里。

一些人聚拢在我们身边,跟我们一起看。

电视上出现了一张人脸,下面有一排字幕显示了他的身份,是核管理委员会的主席。

然后是美国总统。

最后,镜头回到脸色凝重的女主播身上。

接下来插播了好几条广告,愚蠢的广告。

蒙茜拽着我的胳膊,把我从电视机前面拉开。跟外婆约定的时间是六点一刻,我们已经迟到了。

# 15

　　每天早上,外婆做的早餐除了燕麦粥就是煎鸡蛋,好像除了这两样,她再想不出别的东西。可我讨厌吃燕麦粥,也不喜欢煎鸡蛋。所以等我自己能开火做饭时,我学会了做烙饼。

　　事故发生后,食品供给出现了困难,尤其是新鲜的鸡蛋和牛奶。有时遇到外婆储藏或冰冻的食品都吃完了,而北哈佛山的百货商店又缺货的情况,我们就得自己找东西吃了。现在百货商店里销售的所有食品都是罐装的,价钱比以前贵了两倍不说,还经常买不到你需要的东西。所幸的是，现在还没人饿死。

我们去曼彻斯特之后的那个礼拜天，我蒸了一大锅苹果，还加了蜂蜜和肉桂，烙了几十张烙饼，都做成小羊的形状。香喷喷、金灿灿的烙饼，一张张地被盛进了加热消毒过的盘子里。

外婆从来不会做这么幼稚的食物，但我知道她其实挺喜欢吃的。我做的烙饼她装了一大盘呢。

外婆从外面回来时，我正竖起装面糊的碗，刮下最后一勺生面糊。小狗从箱子里仰着头向外张望，使劲闻闻味道，然后又缩了回去。

我把最后一点儿面糊倒进平底锅里，面糊发出"嗞嗞"的声音。肉桂苹果香弥漫整个厨房，让人感觉特别温暖。

我有整整二十四小时没见到埃兹拉了。

外婆为自己倒了一杯咖啡，坐在餐桌边。她两手握着冒着热气的咖啡杯，开始研究一摞文件，那是昨天刚寄到的——政府下发的关于奶羊的新规定。由于大部分给本地区供奶的奶牛在那场事故中死掉了，如今奶产品的供给严重短缺。像我家这样没受污染的小农场，突然间引起了政府的极大关注。

"今天早上外面还是很冷，"外婆说，"最好还是让小狗待在家里别出门。"

我巴不得呢。"外婆？"我眼睛盯着锅里的烙饼说，"我在想，是不是可以让埃兹拉和他妈妈继续住在我们家，即使他完全康复了。"

外婆转过脸看着我。透过咖啡的热气，她的脸看起来柔和了很多。她喝了口咖啡，摇着头说："不行。"

"为什么呢？"我不解地望着她。

"妮尔，对他们而言，我们也是这整件事的一部分。埃兹拉和他的妈妈需要的是一个全新的开始。"

"可他们以后怎么办呢？"

外婆突然打断了我："小心你锅里的东西！丫头，你快把你的'羊'烤煳了。"我赶紧用锅铲把我的小羊烙饼翻了个面，已经煳了。

"埃兹拉喜欢农场。"我说，"至少他喜欢听关于农场的一切，我想他会喜欢留在这儿的。"

"他是喜欢待在这儿，喜欢待在他的房间里。"外婆说，"但这并不意味着对他来说，留下来就是最好的。"

"可是您又怎么知道什么对他来说是最好的呢？"

外婆起身取了些黄油和枫糖浆放在桌上。枫糖浆是邻居哈尔一家做的。他们今年还会做吗？再熬枫树液？做出来的东西还安全吗？我把做好的烙饼和蒸苹果一起端上了桌。

"外婆，您怎么能让埃兹拉走呢？"我叉了几张烙饼到自己盘里，"他是我见到过的第一个喜欢吃您做的饭的人哦。"

外婆给她的烙饼抹上黄油："他喜欢说明不了什么，十五岁的男孩儿正在长身体呢，他们什么都喜欢吃。"

我咬了一大口黏黏的烙饼。

"十三岁的女孩儿也一样。"外婆看着我大快朵颐。

"蒙茜宁愿饿着肚子，也不吃您做的饭呢。"

"行啦，别跟我说这些。除非你要接手一日三餐。"

"那您愿意一天三顿都吃烙饼吗？"

外婆咯咯地笑了。

她起身想再加点儿咖啡，却差点儿被赖在地毯上的贝雷绊了一跤："真讨厌！这猫总碍手碍脚的。"

"外婆！"我心疼地把贝雷抱起来。以前贝雷想出去时就能出去，没人拦着。现在因为怕它会吃到受辐射的老鼠，我们大部分时间都把它关在家里。

"噢，原谅我吧，"外婆说，"尊贵的、忠诚的捕鼠大侠，你愿意在哪儿睡觉就在哪儿睡觉吧，就算把一个老太婆绊倒也不打紧。"

我往外婆的盘子里添了一些蒸苹果。"坐下吃吧。"我用命令的口气说。

外婆一连给好几张烙饼都涂上了一层厚厚的黄油,然后在上面放上蒸苹果:"昨天你不在的时候,我们终于说服埃兹拉出了门。"

我沮丧地跌坐进椅子里:"我本来想带他出去的。"

"你做到了啊。"外婆说,"他之所以同意出去,就是想向你证明他能行。"

外婆切掉一块烙饼小羊的头,然后用叉子叉起一片蒸苹果,一并送进了嘴里,边嚼边说:"妮尔,赶紧把你的饼吃掉了,免得待会儿凯勒布进来捣乱。"

我和外婆两人把所有的烙饼都吃光了,连那个被我煎煳的也解决了。还好,我预先给埃兹拉留了几块。我用手指将盘子里剩下的一点儿苹果汁也扫了个干净。

外婆正在整理餐桌,走廊那头传来声响。

原来是埃兹拉,他正朝厨房这边走来!

"快去帮帮他。"外婆说,"我待会儿把凯勒布带出去,再把给雷米的羊装上卡车。"

"那谁做家务呢?"

"已经做完啦。"外婆说。

回想起那天晚上因为小狗和埃兹拉闹僵的事，我突然感到有些害羞，还有些尴尬。我想：埃兹拉应该不想要我过去扶他吧。于是我留下来，装作忙着打扫厨房。

"妮尔，惊喜吗？"特伦特太太的声音从走廊那边传来。

我转身看着她，她的眼睛看上去明亮而有神，看来休息得很好，黑眼圈看上去也好了许多。外婆找了一条漂亮的裙子给她穿。

她回头鼓励埃兹拉："就快到啦。"

埃兹拉两只手分别拄着一根拐杖，终于慢慢走到了厨房。在磨得发亮的棕色拐杖的映衬下，他手背上凸出的关节显得更加苍白。只见他口罩上方露出的脸涨得通红，额头两侧也浸出细细的汗珠。

"妮尔正在打扫厨房呢。"特伦特太太没话找话说，"妮尔，请你把窗帘拉上，好吗？"她抬起手将鬓边的散发拢到耳后。她的手明显在颤抖！

我很想告诉她，告诉他们俩，不拉窗帘根本没有危险，不会受到核辐射的危害，但又不想破坏气氛，还是过去把窗帘拉上了。

"埃兹拉，再坚持几步就到餐桌啦。"特伦特太太说，"你看，你已经到跟前了。"

埃兹拉一手一根拐杖，艰难地往前移动着，因为太过用力，脸部紧绷。

"我先回去整理我们的房间吧。"特伦特太太说完，依然站在原地，似乎在犹豫到底要不要走。最后，她还是从儿子身边走过，朝走廊的方向去了。

埃兹拉停下来歇了歇脚，抬起头环视着厨房：双槽水池，燃木炉，还有我在户外穿的衣服，就挂在炉边那把椅子背上。他还看了看搪瓷咖啡壶，没有门的壁橱——里面装满了碗盘、罐子和储藏的食物，以及大大的橡木餐桌。他几乎要把厨房的一切都看在眼里，除了那扇通向外面世界的门和拉着窗帘的窗户。

"感觉怎么样？"我站在水池边问道。

埃兹拉没有回答我，而是仔细地观察着四周，好像有什么东西等着他去发现一样。

我集中注意力洗着手里的碗。

"狗呢？"埃兹拉问。

"你说凯勒布？外婆带着它出去了。"

"不，我是说另一条。"

"那条小的？小家伙在炉子旁边的那个纸箱子里，吃完早饭在睡觉呢。外婆说现在还太冷，不能带它出去。"

埃兹拉好不容易挪到餐桌边,找了把椅子坐下,"这种小狗能天天待在外面?"

我点点头:"嗯,保护羊群就是它的工作。再过不久,它还得整夜待在外面呢。"

埃兹拉注视着餐桌另一侧小狗的窝。"这个房间安全吗?"他问,"今天有人测过这里的辐射量吗?"

"非常安全。"我在自己的牛仔裤上擦了擦手,"没辐射了,哪儿都没有。"

我拿起探测器,在房间里进行了地毯式的检测。一切正常。

"噢,等等,"我说,"可能常规检查还不能满足您的需要。"我把探测器伸进水池底下、壁橱里面、炉子上面的烟道里、小狗的纸箱子,甚至我胳肢窝下面。仪器给出的数据仍然显示一切正常。

当我走近装着小狗的那个纸箱子时,我注意到埃兹拉伸长了脖子,想要看个究竟。

"嘿!"我冲小狗打了个招呼。

小狗立马站起来,朝我轻轻地叫了几声。

我把它从箱子里托起来:"我们也得检查检查你身上的辐射,小家伙。"

我拉起它一只耳朵,把检测器伸到耳朵下面。仪器发出的滴滴声让它很不舒服。小狗摇了摇头,打了个喷嚏,想咬住那东西。它发出尖尖的叫声,伸出爪子,想要挣脱我的手。我又瞄准了它毛茸茸的屁股。

"那儿肯定没有辐射。"埃兹拉觉得我检查小狗屁股的行为有点儿过分。

"你不知道像这样的小狗会有多危险。"我说,"你以为没事,结果它们在你身上撒尿,尿里全是辐射。"

"这狗身上根本没有辐射。"埃兹拉说。

"看来你是对的,整个厨房看起来应该是没问题的。如果你愿意,可以摘下你的口罩,吃点儿我做的烙饼,给你留的。"我又把探测器在装烙饼的盘子上扫了一遍,"看,很安全。"

"不,我不吃了,谢谢。"

埃兹拉把两根拐杖横放在腿上,上上下下地把餐桌摸了一遍:"我还是戴着口罩吧,反正现在也不是很饿。"

我在他对面坐了下来。跟一个男生一起坐在餐桌边,对我来说还是第一次,我也从未见过坐在椅子上的埃兹拉。看着他坐在我对面,感觉确实有点儿奇怪,不太真实。我想我应该是冲他笑了笑。

埃兹拉张开双手,身子前倾,也冲我笑了笑。

"欢迎回到人间,埃兹拉·特伦特。"我边说,边抚摸着怀里的小狗。

那一瞬间，他脸色有点儿不对，好似一朵浮云掠过，但很快又恢复了正常。

"你确定不需要我弄点儿东西给你吃？"

埃兹拉又看了看四周。这一次，他的眼神里再没有了恐惧或疑惑。燃木炉散发着热气。埃兹拉审视着这个木箱样式的炉子，看了看老旧的冰箱，以及带着黄澄澄的水垢的池子。终于，他回过身来，朝我怀里的小狗伸出了手。

"你想干吗？怕它在我身上撒尿吗？"我故意问他。

"撒在你身上也是活该。"埃兹拉回了我一句。

恰好在这个时候，门开了，吹进一阵冷风，外婆走了进来。她在门口使劲跺了跺脚，想要把靴子上的雪弄掉。

"妮尔，你得帮我把咱们给梅姑妈和雷米姑父的那对母羊装上车。噢，别忘了带上小狗，它现在已经能去牧场了。"

埃兹拉拄着拐杖站起身来，他比外婆高出一个头。"那我先回房间了。"他说话的时候，口罩随着鼻息一瘪一鼓。

等埃兹拉慢慢挪出餐厅，走到走廊里，外婆才过来站到我身边。

我俩一起看着埃兹拉吃力地拄着外公做的拐杖,艰难前行,直到他转过屋角,走进卧室里。

# 16

梅姑妈和雷米姑父在老帕特尼路上有一家很大的奶牛场,至少那里曾经是个奶牛场。

而现在,它什么也不是了。

以前我很喜欢那个奶牛场,那里有几百头黑白花的霍尔斯坦奶牛。开车路过的时候,你会看到奶牛或在草地上散步,或在低头吃草,或在摇动尾巴驱赶着牛蝇。奶牛有时在牛棚的屋顶下踱步,有时在马路下面的隧道里溜达。那隧道是梅姑妈和雷米姑父挖的。挤奶时间一到,奶牛们就自觉地回到牛棚里去。

而现在，这儿却没了牛的影子。政府说，奶牛场这一带的土地没有遭到核辐射污染，但他们的报告撒了谎。这里的一切——奶牛、牛奶，还有它们吃的草——都被污染了。应急工作人员给了雷米姑父一个辐射探测器，他能测出这里的辐射水平。

"我们上这儿来安全吗？"我问外婆。外婆正开着车驶进奶牛场的车道。

"上个月下的雨基本上把所有东西都洗干净了。"外婆答道，"雷米叫我们来之前，已经检测过了。现在土地里还有辐射，不过都被盖在冰雪下面，会渗到地下水里去。我们只是来这儿看看。放心，是安全的。不过，这里不适合人住啊。"

我们把车倒进离房子最近的牛棚。雷米姑父和我们一道把母羊从车上弄下来，赶进干净的棚子里。然后，我们赶紧进屋去看梅姑妈。

起居室被病号床和一些医疗设备占去了一大半地方，剩下的空间则被我的表兄弟姐妹们占满了，他们七个人都在。

床上躺着的是贝姗妮——家里最小的女孩儿，身上插满了管子和监测器。她的头发已经变得非常稀疏，一缕缕地搭在头皮上。事故发生不久，贝姗妮受到了大剂量的辐射。没人知道为什么就她病得最厉害，医生认为她撑不过一个月，但她活了下来。

"我们正在想办法。"梅姑妈说，"不过我们不能卖掉农场，雷米也不能离开。不管怎样，也不能一走就是几个月。他得先弄清楚污染到底有多严重。"

梅姑妈和雷米姑父的奶牛场辐射污染情况很糟。虽然政府一而再地装聋作哑、不闻不问，雷米姑父却做不到对探测器上的读数视而不见。就算政府说这些牛奶是安全的，他也不会把被污染的牛奶拿到市场上去卖。

以前，梅姑妈和雷米姑父是那么爱笑，他们的眼角、嘴角堆满笑纹。而现在，这皱纹却像床单上被挤压出的折痕，让人看着难过。就连我爸爸走了，我妈妈去世的时候，他们也没像现在这样难过。

刚刚进入十二月，天并不算冷，但雷米姑父已经点起了燃木炉。大一点儿的孩子懒散地伸着胳膊和腿，躺满了整个起居室。屋子里弥漫着一股怪味儿，就像公山羊身上撒了漂白粉。

每次来姑妈家，我都很少在屋子里待着。通常，我只待那么几分钟，去拿块三明治吃，或者去趟卫生间。有时我连门都不进，和表兄弟姐妹们在户外活动。

"卢、玛克辛，咱们出去吧。"我对和我差不多大的两个表妹说。

她们抬起头，有点儿害怕。

"这里太热了，我得出去待会儿。"我说。

表妹们看都不看我一眼。"那我自己去了。"我站起身来。

外婆和梅姑妈对视了一下。

"外面情况怎么样？"外婆问。

"好些了。"雷米姑父答道，"牛棚和房子这一带还行。我们还有防护服。"

外婆看看我说："你得穿上防护服，听雷米姑父的话，只去安全的地方。"

我点头。

"好吧。"外婆同意了。

梅姑妈把我带到更衣室，给我套上一层又一层的防护服，她有点儿大惊小怪，像只趴窝的母鸡。"妮尔，别累着。"她叮嘱道，"别在外面待太久，别到池塘那边去。"

我走出房门。眼前的景色很熟悉，广阔的峡谷被积雪覆盖着。防护靴很碍事，衣服也是，还有梅姑妈小心翼翼给我戴上的面具，重重压迫让我快喘

— 149 —

不过气来。不过能够出来走走，我还是挺高兴的。

我朝池塘走去。我一直很喜欢这个池塘，还在这儿学会了游泳。雷米姑父搭了个浮动码头，很大，全家都能站上去。我还记得，这里曾经的夏天充满了欢声笑语。我们赤脚踩在草地上、池塘边的泥地上、码头粗糙的板子上，那感觉依然那么清晰。

可如今，我叫表妹卢和玛克辛一起出来时，她们都露出恐惧的表情。

我沿着牛棚往回走。三间牛棚一模一样，长长的，通过走廊连接在一起。牛棚被涂成了红色，每个门上都画着美国国旗。表兄弟姐妹们每年轮流用小刷子给国旗上色，让颜色一直保持鲜亮。

就在我四处张望的时候，雾气已渐渐弥漫山谷。

我望向马路，拐弯的地方挡上了水泥路障。两个穿着防护服的士兵轮班站岗，一刻不离地守着关卡。高速公路上曾经车来车往，而现在，就算可以通过，人们也不敢再来。没人往南进入污染区，也没人往北走出污染区。站岗的士兵要防着那些趁火打劫的人，不能让他们进去抢核材料，拿到黑市上去卖。偶尔还会有步行走出死亡地带的人，士兵也会帮助他们。

雷米姑父的奶牛场就坐落在死亡地带边缘。这条路已经死了,奶牛场也死了,梅姑妈、雷米姑父,还有他们的孩子也正在走向死亡。

我感觉骨头疼。可能是防护服太沉了,也可能是温度降低了。我望向北边,厚厚的雾气就像一面慢慢逼近的高墙。

我走进第一间牛棚,里面只有我们带来的两只母羊,显得那么空旷。我还记得以前这里满是奶牛,挤来挤去的,热闹得很。而现在,除了我自己的脚步声,只剩下那两只怀孕的母羊,孤独地咩咩叫着。粗糙的木板,还散发着过去的味道——甜三叶草、干草垛、奶牛身上沾着泥土气息的臭味儿,一直没有散去。

梅姑妈和雷米姑父失去了他们的奶牛场,失去了生计,甚至要失去孩子,他们能得到什么补偿呢?

政府不肯赔偿雷米姑父,说他想趁火打劫,想从核事故里捞好处;说有那么多人真正遭受不幸和损失,他该感到羞愧;还说他的奶牛场什么事也没有。

但是,要是政府说的是真的,那为什么雷米姑父要毁掉一群那么好的霍尔斯坦奶牛呢?我的表妹贝姗妮,又怎么会躺在起居室里的病床上,因为核辐射而奄奄一息呢?

雷米姑父的奶牛都死了,小女儿也病得这么重,他怎么敢再在这里养牛？

从牛棚出来，雾气包围了我，也笼罩了整个奶牛场。我倚靠在牛棚粗糙的墙壁上，背后是硬硬的木板。建这些牛棚的时候，外公也来帮忙了。他，还有外婆，都对梅姑妈没有任何怨言，他们只是生爸爸的气。我也生爸爸的气。从他开始，我身边的人就一个接一个地离开了。

整个世界消失在了雾气之中。

我忘了不能跑、不能大口喘气的警告，跑了起来。我要赶紧进屋去，得去看看外婆，她一直待在梅姑妈的起居室里呢。

## 17

周二,晚饭过后,特伦特太太领着戴着口罩的埃兹拉走出房间,穿过大厅,来到厨房。

"嗨,埃兹拉。"我说。

埃兹拉蹒跚着从我身边经过。两天前,他走到大厅就累倒了。今天好多了,而且,这次他只挂了一根拐杖。

"还安全吗?"他问道。

我用探测器在窗前和屋子里测了一圈儿。

埃兹拉这次没有跌坐到椅子上,而是在火炉旁站了一会儿，给后背取暖。

"一天天好起来了。"我说。

埃兹拉看着我，取下了他的口罩。他靠在拐杖上，一拐一拐地朝窗口挪去，望向空阔的天际。

随后，他转过身来，移到水池旁，让自己舒服地倚在水池边。"这地方不错。"他说，"你和你外婆家真不错。"

"谢谢，这房子里的摆设都是我外公做的，比起放羊，外公更喜欢木工活儿。楼上我的房间也是外公弄的。等你好一些能爬楼梯了，就能上去了。"

埃兹拉把头伸到门那边，向上望着我的房间："我试试。"

他拄着拐杖，一点儿一点儿地沿着台阶往上挪，一次只能慢慢地挪一小步，不一会儿就得停下喘口气。爬上去之后，他往边上靠了靠，好让我上来。他倚在拐杖上，喘息着。我一直跟在他后面，担心他会摔着。

小狗也进屋来过夜了，跟着我们一起上了楼。它安静地把爪子放到被子上，朝床垫上的贝雷叫了几声。贝雷本来已经睡着了，但听到动静后立刻站了起来，弓着背，脊梁上的毛都竖起来了。它朝小狗呜呜了几声，往旁边移了一两步，从我们身边窜下楼去了。

小狗跟在猫后头,差点儿滚下楼梯,还好我抓住了它。

埃兹拉终于走到我的床边,坐下来。小狗费尽力气,想在我手上找点儿什么东西咬咬。我抬头看看埃兹拉,他正在审视我的房间。我不禁稍带窘迫地想:要是多些书就好了,就像蒙茜的房间那样。事故发生之前的埃兹拉肯定是离不开书的。他八成对我的那些鸟窝、石头,还有松果不感兴趣。

埃兹拉坐在我的床边上,背对着窗子,缩着肩膀,虚弱地喘息着。窗子在他身后,就像大张着的、没有牙的大嘴。

"要不要我把探测器拿上来测一测?"我问。

埃兹拉点头。

我把小狗放到地上,让它乖乖待在那儿,然后穿着我的厚袜子,从埃兹拉身旁匆匆走过。

我走到厨房,松了松火炉里的煤,又添了一大块木柴,然后拿上探测器,轻轻回到楼上。

我不想偷看埃兹拉,就是想悄悄观察他在我房间里干什么。我从昏暗的楼梯望上去,只见他艰难地站起来,走到小狗边上。小狗还听话地待在刚才的地方,不停嗅着我的背包。

埃兹拉慢慢地跪下去,小狗闻了闻他的睡衣。他们的头靠得更近了,小狗抬起胖胖的脖子,正好埃兹拉也低下了头。突然,他们的鼻子就碰到了一起。

我屏住呼吸,站在楼梯顶层。

埃兹拉抱起小狗,用胳膊环住它。

这时,我走进房间:"你们交朋友了,我看到了。"

"我忍不住。"

埃兹拉把狗放下,一只手靠在拐杖上,看着我在房间里到处检测。

突然,探测器的声音变调了。就在我房间里,这个"魔杖"测到了辐射!

埃兹拉瞪大了眼睛。我看出他呼吸加快了,胸口浅浅地起伏着。我赶快重新看看探测器,不相信这是真的。

"怎么回事?"埃兹拉问。

我又用探测器测了测架子,探测器再次鸣叫。

"没事的,埃兹拉。"我试图安抚他的情绪,"就一点点。"

"一点点就很多了!"埃兹拉边小声说,边向后退着。

我强迫自己抖动的手尽量平稳地一点点移动探测器,检测架子的每一处地方。

"是我的表，"我说，"埃兹拉，只是我的表啦。八成是表针上的染料，是夜光的。"

埃兹拉眼里渗出了泪花。

"就是些坏掉的旧表，埃兹拉。"

"把它们拿走。"埃兹拉轻声说。

"好，好。"我应道。

我把表拿起来，想找个地方把它们藏起来："你想让我怎么办？"

"把它们拿走，求你了，把它们拿走。"

我拿着表跑下楼，把它们藏到起居室沙发的垫子下面。

赶回房间经过厨房时，我带上了口罩。

埃兹拉瘫坐在那里，面色苍白。"你想戴上吗？"我把口罩伸向他。

我又重新仔仔细细地把整个房间检测了一遍。

"没事了。"我说。

埃兹拉用手抹了抹眼睛。

"没事了，埃兹拉。"

"你放到哪儿去了？"

"放在离你很远的地方，起居室垫子下面，我过会儿再把它们拿到屋外去。"

小狗拽着埃兹拉的裤脚。埃兹拉深吸一口气，又深深地呼出来，他在发抖。

"介绍一下你的房间，妮尔？"

妮尔。他叫我妮尔了。

"当然啦。"我说。

我把房间的摆设一一指给埃兹拉看。倒也没有什么可展示的，他在库克郡的卧室肯定比这儿好多了，他家的房子也肯定好多了。

我走到床头柜旁边，开始大声地念我那些"阅读是基础"图书的书名。

"你想借一本看吗？"

"好啊。"埃兹拉说着，挑了《地铁求生121天》，"我想再看看这本，都不记得多少情节了。"他当然不会记得了，我念给他听的时候，他只剩下不到半条命了。

其他的书，要么是写女孩儿的，要么对埃兹拉来说年龄段偏低，看来他并不感兴趣。或许，明天我可以去跟蒙茜借几本。我们一块儿去了曼彻斯特之后，关系就好多了。说不定她能借我几本。

埃兹拉坐在地板上，小狗在他身上蹦来跳去，一会儿用它的大头蹭埃兹拉，一会儿用它尖尖的小奶牙咬埃兹拉的手，然后又去扯埃兹拉法兰绒睡衣的衣角。这其实是外公的一件旧衬衫。小狗拉着拽着，低声呜呜着。埃兹拉从口罩后面也对它呜呜起来,小狗一惊,松开了衣角,跌坐到地上,头歪向一边。

我笑了,坐到他们对面的地上。"狗狗,来。"我拍手叫着。

小狗从埃兹拉身旁跃起,连滚带爬地朝我扑过来。

我们就这么玩着,直到特伦特太太来叫埃兹拉下楼。

埃兹拉下楼朝厨房走去,回头又看了看我。卧室的灯光洒在楼梯上,映在他的口罩上,照亮了他低垂的眼睛和小小的伤疤。

埃兹拉在微笑。

"晚安,妮尔。"他说。

他就那样一直望着我。

我感觉就像烤了一整天的火炉一样,全身上下那样暖和,连脚趾都是暖暖的。我目送埃兹拉转身,看着那一头鬈发慢慢移下楼梯。

## 18

每天晚上，埃兹拉都上楼来我的房间，说是来拿本新书看。蒙茜高兴地借给我好些书，基本都是男孩儿喜欢看的那种。她从没问我为什么借这些书。埃兹拉也从没问过我，怎么一下子多了这么多书。

我们每晚都和小狗一起玩。我和埃兹拉一起教它叼东西，教它坐，有时会喂它一小块外婆做的面包作为奖励。

埃兹拉不那么依赖外公的拐杖了，但他还是一直带着。他试图教小狗从拐杖上面跳过去，可小狗不是从下面挤过去，就是从边上绕过去。我把表藏到了牛棚里，慢慢地，埃兹拉再次摘掉了防护口罩。

这天，我正坐在教室里，校长佩里先生叫我去他的办公室。

我走过校长办公室门口的一张空桌子，这以前是他秘书的位子。我敲了敲佩里先生的门。在学校，同学们称佩里先生为"铅笔"。他又高又瘦，皮肤有点儿发黄。事故发生后，虽然镇上已经不能保证给他发工资了，但佩里先生却还一直坚守在岗位上，从未离开。

他坐在桌子后面，面前摆着几张纸，正用手指点着看一份打印的文稿。

"进来，妮尔。"他说，"我快点儿说，这样你就不会错过第一节课了。"

我觉得嘴巴又干又黏。"我早上刷牙了吗？"我想。

"你和你外婆都好吗？"他问。

"我想是吧。"

"上周你外婆给我打电话了，跟我说了住在你们家的客人的事。"

我眼睛下面的肌肉开始抽动。

"没关系，妮尔，我知道你家住着被撤离出来的人。"

我坐在佩里先生对面的椅子上,点点头。

"我还知道你不想让别人知道这件事,"佩里先生说,"特别是这两个人的情况——从核电站出来的人是最难找到住处的。"他向前靠了靠,瘦瘦的手肘陷进桌上那堆文件里,"我也和那个男孩儿的妈妈通话了。她相信,那孩子的身体状况已经可以重新开始学习了。"

我盯着佩里先生的电脑显示器的背面,有些脏,该擦擦了。

"这是十年级所有老师的笔记。"佩里先生一边说,一边从桌上的一堆书和文稿里拎出一叠文件,"这些书是他需要的。我想,让他在家里学习更好一些。说真的,妮尔,我不知道学生们和家长们愿不愿意让他来我们学校上学。你每周把他的课程带回去,他会跟上的。老师们已经知道这事了,学校董事会也知道。但是我们现在还不用告诉其他人。"

"好的,佩里先生。"

佩里先生看着桌上的一张纸:"他应该能做完之前的作业,他没落下课,直到……"

我站起来,整理好笔记和书本,转过身,背对着佩里先生。我不想谈论那次事故。

"他要是有什么不明白、不熟悉的,尽管告诉我们。"

"好的,佩里先生。"

"妮尔。"佩里先生叫住我,手上开始处理桌上的另外一叠文件。

我再次转过身,面向他。

"你和你外婆做了一件好事。"

## 19

后面那间卧室里摆满了埃兹拉的学习用品:课程表、地图、美术作业。

只要感觉好一些,埃兹拉就会花更多时间学习。他已经彻底占领了那间卧室。除了那张收拾整洁的小床,特伦特太太几乎一无所有,房间里也看不出外公住过的痕迹。

佩里先生是对的,埃兹拉没落下太多课程,他很快就跟上了进度。

有时候,我们坐在一起写作业。我老是走神。

看着看着笔记,我就会忍不住去看埃兹拉的腿、他的眼睛、他的头发。他盘腿坐在地板上,读着历史作业,用铅笔敲着数学书的精装封面或者空饼干罐子。而我目不转睛地看着他,无法移开视线。

我几乎快要相信,埃兹拉其实和别人没什么两样,就是一个正常、健康的十五岁男孩儿。然而,有一天下午,突然响起了消防警报。

消防站微弱的警报声几乎难以穿透房间墙壁,但埃兹拉还是听到了。他一动不动,紧紧抓住铅笔,手指关节都捏得发白了。铅笔被折断了。

"拉上窗帘!"他喊着,"快,拉上窗帘。"

"只是起火了,埃兹拉。"我说,"不知是哪儿的烟囱起火了,这个季节常会发生的事。"

"你怎么知道?!"埃兹拉坚持道,"拉上窗帘!"

我站起来,照他的话做了。

埃兹拉瞬间缩成一团,他退到房间里离窗子最远的角落,后背紧靠在条纹壁纸上。

可能又发生了核泄漏。警报一直响着,声音高低起伏。

随着最后一声警报声戛然而止,周围安静了下来。不一会儿,一辆消防车从大路上疾驰而过。

我松了口气,感觉自己有点儿傻。只是着火,着火了而已。看着自己的房子被烧肯定很可怕,但总好过再来一场核事故。

那个下午接下来的时光,一直都很安静。如果真是核泄漏,警报不会停的。我知道,埃兹拉也知道。

"妮尔?"埃兹拉叫道,声音有些嘶哑。

"嗯。"

"谢谢。"

"谢什么?"

埃兹拉看着我:"你一定觉得我是个怪物。"

"不。"我说,"我没有。"

"唔,我是个怪物。"埃兹拉边说边站起身来,拉开窗帘。

"如果你非要这么说的话。"

"你挺好的,妮尔,作为一个放羊女孩儿,挺好。"

"你不喜欢羊吗?"我问道,把一张笔记本的纸揉成团,朝他的垃圾桶投起篮来。

"羊只会跟着走。"埃兹拉说,"从来不领头儿,只会跟着走。"

"这对牧羊人来说可是好事。"我挪了个位置,倚在埃兹拉的床沿上。

"我不想再做羊了。"埃兹拉说。

我戳了一下小狗,它正在咬我铅笔上的橡皮。

我们怎么就从放羊变成羊了呢？我有时候真搞不懂他的脑子里都在想些什么。

"政府像赶羊一样，把我们从家里赶了出来，几百万人就那样被赶走了。"埃兹拉说，"他们早就知道有一天会出事。不然的话，不可能提前做好这么详细的计划。他们早就知道事故会有多么可怕，我真觉得他们早就知道。但这样也没用，我们还是只能像羊群一样被赶走。我不想再当羊了，我想过自己的生活，我不想再被他们牵着鼻子走。我想像你，还有你外婆那样生活。"

"我们和所有人都一样，都要依赖别人，埃兹拉，我们都呼吸着一样的空气。"

"不！"埃兹拉坚持道，"你们不是的，是他们给你们洗脑了，让你们觉得你们是。"

他错了。哈斯金斯小姐说，这个事故会影响到我们每一个人。她是对的。我们变了，不管是买东西、吃饭还是工作，都和以前不一样了。我们考虑问题的方式也变了，对未来不再有信心，不再轻易信任，而这一切，都因为库克郡的那场事故。

这个地球上，没有谁能离开其他人独自生活。我们的生活息息相关，喝一样的水，呼吸一样的空气。库克郡的核泄漏污染了大气，高放射性的尘埃飘向各处，地球另一侧的稻谷都被污染了，牧场也被污染了，婴儿们就在这样的户外酣睡着，呼吸着有毒的空气。

每次想到这些，想到这场事故带来的后果，我的心里就堵得慌。不过，也有好的事情发生了。就在这间卧室里，好的事情正在发生。

在这次事故给我的生活所带来的所有变化中，这是最重要的一个。

## 20

圣诞节过去了。我们想给梅姑妈和雷米姑父打电话,却一直没打通。一整天,电话一直占线。

我们没有特地庆祝,我和外婆一直都不太在意这个节日,今年更是如此。特伦特太太和埃兹拉的遭遇,让我们觉得不适合庆祝。而且,特伦特太太根本就不过圣诞节。

圣诞节后的第二天,我穿着厚重的靴子穿过农场,把羊毛帽压得低低的,好挡住寒风。小狗一天天长大了,跟着我跑,凯勒布在另一边蹦跳着。

在凛凛寒风中,我巡查完了前三块牧场,然后走到和大路相交的平地上。气温不到四摄氏度,还吹着冷风,我的脸和眼睛都冻得生疼。

最后一块牧场要走到山上,就在蒙茜家的马路对面,瑞普雷家的上面。

我可以顺着土路走,也可以抄近道,不过就得穿过瑞普雷家的树林。不过从树林里走,起码可以挡挡风。

眨眼的时候,似乎眼里的水分都要结冰了,鼻毛上也结了霜。小狗和凯勒布欢快地跟在我边上跑,厚厚的皮毛就是它们的保暖服。我冻得瑟瑟发抖,决定还是抄近道吧。

在走到瑞普雷家的地盘时,凯勒布停住了。"伙计,闻到泰若斯的味道了?"我打趣道。

瑞普雷家从来不把垃圾拉出去,就倒在树林里,旧车、垃圾、破电器,都在树林里腐烂掉。他们才不管自己的家看上去怎么样,也不管垃圾会引来什么害虫。他们甚至不关心化粪池的污物流去了哪里。

走了四分之三路程时,埃兹拉的小狗停住了,肥肥的屁股坐到地上,不肯再走。

"起来,狗狗。"我赶它,"没时间休息了,快起来。"

就在这时,我听到树叶的沙沙声,有一团灰色的东西快速窜了过去。

小狗又跳又叫。是一只松鼠窜上了光秃秃的枫树，又缓缓爬下来。它在逗小狗。

小狗拼命地叫着，打破了冬日的寂静。

"嘘！"

可我警告得太晚了。

瑞普雷应该一直就在附近。转眼间，他就出现了，气势汹汹地踩着雪，朝我们走来。看到瑞普雷走过来，小狗使劲叫个不停，凯勒布却只是坐在我的脚边，低声呜呜咆哮。

"你来这儿干什么？"瑞普雷肩上扛着他的来复枪，问道。

"打猎季节不是结束了吗？"我问。

瑞普雷越走越近，小狗不摇尾巴了。我不知道泰若斯去哪儿了，谢天谢地它不在！我可不想看狗打架。我知道泰若斯那家伙八成又四处游荡去了，说不定这会儿正在狂追一头鹿呢。

"我正要去远处那块牧场。"我说。

"好吧，快走吧，中途别停下。"

我可不想他说两次，就赶快带着狗穿出树林，离开瑞普雷的地盘。

我开始喂羊，装满舔砖，手竟然一直在发抖。

分发草料时,羊都围着我转悠。我检查了一下羊有没有跛脚,又检查了羊粪。看来一切正常。母羊们满足地吃着草,冰雪在它们背上泛着光。

突然,埃兹拉的小狗朝瑞普雷家树林方向的围墙奔去,叫声像是在发出警告。以前从未听它这样叫过。羊群停下来,不再吃草,一起穿过雪地,凑到牧场的另一角。

瑞普雷就站在树林的边上,泰若斯在他身旁喘息着。

我假装没看见他。这时,蒙茜摇摇晃晃地从另一边沿着小路朝我们跑来,裹得严严实实的,像个尼龙圆球。

"我听到狗叫。"蒙茜说。

凯勒布迎上去,摇着尾巴。

要是埃兹拉也在,我们就三对一了。那样的话,我们准能轻而易举地对付瑞普雷。

可是埃兹拉待在屋子里,他不敢出来。

"嘿,怪物。"瑞普雷叫道。

"别这么叫她,瑞普雷。"我怒斥道。

"怎么了?"

"她叫蒙茜。"

"蒙茜,蒙茜,"瑞普雷嚷道,"她就是个小不点儿。"

他把来复枪夹在胳膊下,攒了一个雪球扔了过来。我不知道他是不是在瞄准我。当我正弯腰拿盐桶时,冰雪球正中我的脸颊。我不由得双腿一屈,跪了下来,眼冒金星。

蒙茜走到我身旁:"你还好吗,妮尔?"

我头晕脑涨,脸颊刺痛。

"真该死,瑞普雷!"我说。

"他走了,你弯腰的时候他就跑了。"

蒙茜看看我的脸:"他打得够准的。"

"没事。"我边说边躲开她。

"妮尔,"蒙茜将手放在凯勒布头上,"谢谢你为我说话。不过你不用总护着我,我不在乎瑞普雷说什么,我只为自己在乎的人难过。"

蒙茜单膝跪下,把小狗扶起来。小狗用后腿站着,比蹲着的蒙茜还要高。

"我们该认识一下啦。"她说,用戴着手套的手抚摩着小狗,"我看到你好几回了,不过我们还没正式认识呢。是吧,狗狗?"蒙茜的手在小狗身上到处摸摸,小狗开心地摇晃着身子。

"你什么时候养的它?"蒙茜抬头问我。

"几周以前,它是个早到的礼物。"我没说是给谁的礼物。

"它叫什么?"

"还没起名字呢。"

蒙茜看起来有点儿吃惊,不过因为小狗继续围着她打转,她很快就忘掉了。

不一会儿,蒙茜开始冻得瑟瑟发抖,整个身子都在晃。

"我得回屋去了。"她说着,用胳膊抱住自己,"这儿太冷了。"

我点点头,用戴着手套的手捏了捏鼻子。蒙茜走了。

我把小狗带回前面的牧场,把它关起来。这是它第二次在外面过夜,它直接往羊群中间跑去,那里比较暖和,羊群也不断向它靠拢。

"你看上去冻僵了。"当我和凯勒布跌跌撞撞走进厨房时,外婆说。

我看看窗外房子边上挂的温度计:"零下四度,再加上刮风,就更冷了。"

"牧场都好吗?"外婆边问边把脱水的香菜加到白色酱汁里搅拌着,这是一会儿要加到炉子上那口大锅里的。

"羊都很好。"我答道。

外婆的后背挡住了锅，不停搅拌着。她总说搅白酱汁不能停。"妮尔？"外婆的声音稍微提高了一点儿。

"嗯。"我往外婆这边靠靠，椅子发出"吱吱"的响声。"埃兹拉一天天好起来了。"外婆说。

我的心剧烈地跳动起来："他要走了，是不是？"

"没有，他不走。"外婆猛地看了我一眼，"还不走，护士来过了，说埃兹拉可以去户外了。"

"问过埃兹拉自己怎么想的吗？"

"他得晒晒太阳，得自己亲眼看看，才能知道外面没什么好怕的。护士说，如果埃兹拉愿意的话，可以戴着口罩。"

我回想了一下埃兹拉的进步：从只能在房子里转转，到进厨房，到上楼去我的房间，现在他都可以出门了。

"您说得对。"我说。

"那好。"

"这样他就能再见到小狗了。"

"他什么时候给狗起名字？"

我耸了耸肩，胃饿得咕咕叫。

"炉子上的牛奶应该热了，"外婆说，"倒些到杯子里，加点儿糖浆再喝。"

我把黏稠的深色糖浆倒进牛奶杯里，搅拌了一下，喝了一大口，让整个舌头都浸在这浓浓的牛奶里。我一口一口地慢慢品味着，连同这种温暖舒服的感觉一起喝下去。

我有些不知道该怎么劝埃兹拉走出大门，去户外活动活动。要是我跟他描述一下羊背上的冰雪反射的阳光，他会肯出来吗？透过窗子可看不到这些。

或者，我可以让他放羊，他总是不停问我关于羊的问题，而且兴趣丝毫不减，一连几个星期不停地问。

或许最有可能的是，我告诉他，他要是还想看到他的小狗，出门就是唯一的办法。

"外婆，"我说，"我明天带他出去。"

"别待太久，他还很虚弱。"

"我会掌握分寸的。"

"好。"外婆说，"一定要注意，妮尔。"

外婆搅拌着锅里的食物，倒上白色酱汁后，食物变得更浓稠了。

"帮我个忙，"外婆说，"帮我看一会儿锅好吗？"她穿过厨房朝大厅走去。

我站在炉子边上，用那把蓝勺子在锅里搅动着。

等听到外婆关上洗手间的门，我立马歪向一边拉开冰箱门。

里面有圣诞节时剩下的半个南瓜馅饼。我把托盘拿出来，掰下一块馅饼的脆皮，时不时搅拌一下锅里的食物。我一边嚼着酥皮，一边用手指抠出南瓜馅里的橙子块，塞到嘴里。

我把馅饼的边缘弄齐，以防被外婆发现，并且赶在她出来之前，把盘子重新推进了冰箱。我刚刚咽下最后一口，外婆就走进了厨房。

她闻了闻："你吃馅饼了？"

我低头看着自己的脚，她怎么发现的？

她看了看柜台和桌子——既没有叉子，也没有盘子。"你用手吃的？"外婆问。

我愧疚地把手背到后面，在牛仔服上蹭了蹭。

外婆打开了那台老冰箱，一阵冷气喷面而来。"妮尔·萨姆纳，"外婆叫道，她生气了，"看看你把馅饼弄成什么样了！"

我抿抿嘴唇，回味着舌尖上南瓜的香味儿。

## 21

外婆的屁股挡住了矮墙的入口,矮墙就在我房间的屋檐下。

"外婆,您在找什么?"我问。

外婆的头埋在矮墙里面嘟囔着什么,听不清。

她把旧灯、煤油、旧锅什么的,都放在墙后那狭小的空间里。"我听不到您说什么。"我叫道。

外婆抬高了嗓门儿:"我在找你外公冬天的衣服,埃兹拉今早要是和你一起出去的话,得穿上暖和些的衣服和靴子。"

我不知道外婆还留着外公冬天穿的衣服。

"外公的衣服埃兹拉穿着不合适啊。"我说。

"合适,一直都挺合适。"

我不能说不想让埃兹拉穿外公的衣服,我还是害怕那个房间的诅咒。要是穿上外公的衣服,有可能会再发生什么不好的事。要是埃兹拉现在出什么事,我会受不了的。

"我有些衣服可以给他穿。"我说。

外婆从那个狭窄的入口里退出来,怀里抱着一个布满灰尘、瘪了一半的纸箱子:"你的衣服特伦特太太也许能穿,但埃兹拉肯定不能穿。"

外婆把箱子放下,用裙子擦擦手。灰尘像雪花一样落在她的头发上:"带他出去你担心吗,妮尔?"

我用手把头发向后束住,又让它们散落下来:"我希望他能好起来⋯⋯"

有脚步声从厨房传来,然后是埃兹拉的叫声:"妮尔?"

"一会儿就下来。"

安静了片刻之后,埃兹拉又叫起来:"妮尔,我在想⋯⋯"

"我一会儿就下来!"

我走到外婆身边,看着她把箱子打开。"我没有他那么害怕,他自己更担心。"樟脑球和旧毛衣的味道让我鼻子发痒,我打了几个喷嚏。

外婆抽出一些泛黄的报纸,把老鼠屎扫到一边,然后把箱子递给我:"让他挑挑想穿什么,告诉他穿之前好好儿抖一抖。"

我把箱子搬下楼,搬到厨房。埃兹拉背靠在外门上,拳头紧握着。他看见我,伸手去摘脸上的口罩。

"妮尔,我……"

我打断他:"外婆说,你可以从这个箱子里找些暖和的衣服穿。你挑挑看,找些能穿的。今天不像昨天那么冷,不过还是需要这些东西的。"

我裹上大衣。埃兹拉看着我,想说什么,却又咬了咬牙。他把东西从发霉的带着水渍的箱子里扯出来,一样一样地翻找着,从帽子到手套,想和我的穿着看起来相衬。

"一会儿见,外婆。"我冲着楼上房间喊,"来吧,埃兹拉。来吧,凯勒布。我们去看看小狗昨晚过得怎么样?"

特伦特太太站在过道里,挡住了去后面那间卧室的路。她示意埃兹拉把帽子往下拉拉,好挡住耳朵。埃兹拉望了望她。

我推开厨房门走了出去。本以为埃兹拉会犹豫一下,但他马上就跟了出来。他在寒风中喘息着,口罩都陷了进去。

很好,埃兹拉出门了!我希望这大冷天能把瑞普雷和蒙茜都挡在家里,这样我就不用跟他们做任何解释了。寒冷的空气冻得我脸上皮肤发紧。

"你带探测器了吗?"埃兹拉问。他看上去很紧张,我把探测器递给他。"你拿着吧。"我说,"不过一切都很安全,埃兹拉,我保证。这里很安全。你要是愿意的话,可以摘掉口罩。"

小狗在前面的牧场叫了一声,来回蹦跳,摇着尾巴。它倒是一点儿都不怕冷。

埃兹拉边走边用探测器在前面和旁边检测着,随时准备逃回房子里去。他急促地呼吸着,薄薄的口罩一起一伏。

"走吧,埃兹拉。"我说,"我们要去放羊啦。"

埃兹拉紧挨着我,我们的大衣蹭在了一起。他还踩到了我的靴子,把我绊了一下。"对不起。"他隔着口罩嘟囔着说。

冰冷的寒风吹着,他努力想跟上我的脚步。我放慢了速度,就像和蒙茜一起走时那样。埃兹拉已经很久没有出来过了。

我们先去了前面的牧场,好把小狗放出来。我刚打开围栏的门,这条和我膝盖一般高的小狗就兴奋地叫起来,朝埃兹拉欢快地跑去。它就像一座白色的小山一样,围着埃兹拉的脚打转,开心地哼叫着。

看着埃兹拉和小狗重聚,有种甜甜的忧伤。说到底,埃兹拉是因为那条小狗才肯出来的。

羊群站在雪地里,凑在一起像一个巨大的毛球。

"这些是母羊。"我说。

"哦?"埃兹拉问,"小牧的羊吗?"

我咬了咬腮:"母羊就是母的羊,记得吗?"

埃兹拉的眼里满是打趣的神情,他盯着厚实的羊毛桶,呼吸加深了一些。"它们闻上去有点儿暖暖的、油油的。"他说。

"那是羊毛脂的味道。"

"它们冷吗?"

"要是你穿上一件那样的羊毛外套会冷吗?"

"可能会有一点儿吧。"埃兹拉说。"那它们也一样。"

"我以前会想,"埃兹拉说,"要是一直生活在外面,会是什么样。那是在还没有发生……"埃兹拉颤抖着,缩紧了肩膀,他的口罩一起一伏。

"这些小家伙们饿了,埃兹拉。"我轻轻说。

"那就喂喂它们呗。"他听上去有点儿累,声音怪怪的，"这不是你该干的活儿吗？"

"没草料了，得去仓库把小卡车填满。"

埃兹拉的眼睛亮了起来："我们要开卡车吗？"

我拉着他的手，带着他朝仓库走去。外婆的那辆破旧的老福特，就停在拖拉机棚里。

埃兹拉走着，看着这些农场的机器，满脸惊奇："你以前从来没告诉过我这些。"

其实这些东西一直就在他的窗外。

"你从来没问过。"

"哇，"埃兹拉说着，把辐射探测器放下，用戴着手套的手抚摩着拖拉机闪闪发亮的金属挡泥板，拍打着硬硬的黑色座椅。

"你会开车吗？"我问。

埃兹拉的眼神雀跃起来："你是说开这种车？"

"你可以先开卡车试试，不过你得保证不开到沟里去。我负责装草。"

我把卡车倒进仓库，解开绑着已经生锈的后车厢挡板的绳子。

埃兹拉朝最近的一捆草料走去。

"不是那些，那是第一茬草。"我叫道。我往仓库更里面指了指，一捆捆有点儿发绿的草在那里堆成小山似的，"今天咱们用第二茬草。"

埃兹拉努力帮忙一起装草,连口罩滑到了脖子都没有感觉到。这一刻,他似乎暂时忘掉了辐射。他确实没什么力气,但还是很努力地和我并肩作战。我搬完四捆草的时候,他才刚搬了一捆。

卡车终于装满了,他蹲下来,喘着气,用鼻子蹭着小狗的大脑袋。"它能和我们一起上车吗?"

"不行,它不能上车。后面装满了草,它太大了,前面也坐不下。它得在车后跟着咱们,和凯勒布一块儿。明白吗?"

"明白。"埃兹拉表示同意。

"好。"我说,"要不要我先开一会儿,给你做示范?"

埃兹拉犹豫了,他迫不及待想要亲自开车。

"上车。"我命令道。

我调了调这辆老皮卡的油门,踩下离合和刹车,转动钥匙。卡车只轰了一声就熄火了。我把油门往外拉了拉,又试了一次。这次车子轰轰响起的时候,我踩了踩油门,车子终于发动起来了。我朝埃兹拉竖竖大拇指,他也朝我竖竖大拇指。小狗叫唤着躲到了一边,凯勒布倒是很沉着地一路小跑跟着,这对它来说早都不稀奇了。

"好了,"卡车轰轰响着,我大声指着前面那块牧场说,"我们就从那儿开始。"

埃兹拉坐在副驾驶的座位上。他刚才累坏了,此刻看起来很高兴总算能坐下歇歇。有那么一瞬间,我似乎又看到了那个躺在外公床上的男孩儿,在生死之间苦苦挣扎。我仿佛看到了一个鬼魂,正头向后靠在我身旁的座椅上。然后,鬼魂消失了。

埃兹拉的眼睛一直盯着我的手和脚,看着我从一挡挂到二挡。我把卡车停在前面的牧场边上,开始往下搬草料。埃兹拉就站在卡车前看着。他太虚弱,再也搬不动了。

我示意他一起到牧场上去。

他向后退了一步,脸上露出警觉的表情。他有点儿害怕靠近羊群。

"它们不咬人,你知道的。"

连哄带骗之下,埃兹拉终于过来了。羊群散开了,慢吞吞地朝另一边的围栏走去。

小狗跟在埃兹拉身边,友好地抬头望着它的主人,在雪地上摇着尾巴。

我分完草料,填满舔砖,确认牧场上一切都安顿好后,转身朝卡车走去。

"埃兹拉,该送下一批了,你准备好开车了吗?"

他指指自己:"现在?"

"嗯。"

埃兹拉爬上驾驶座,我一一告诉他每个手柄和踏板的作用。

"踩下离合,踩住刹车,发动车子。"我说,"发动起来以后,松开刹车,放开离合,踩踩油门。如果感觉像是要熄火,就再踩下离合器。明白了吗?"

埃兹拉花了一点儿时间,去熟悉那些踏板和手柄。然后,他踩下了离合,转动了钥匙。第一次车子就发动起来了,而且没有熄火。埃兹拉开心地咧嘴笑着,乐得下巴都要掉下来了。

我把小狗放到了牧场外,自己步行领路,围着牧场巡查。埃兹拉开车慢慢跟着我,他踏板踩得还不太顺溜,不过已经很不错了,中途熄火了四五次而已。

四块牧场的羊都喂完了。一个月没离开过病床的埃兹拉,已经筋疲力尽,但很开心。我以前从没见他这么开心过。

临近中午时分,他把卡车开回车棚停好。

小狗靠在埃兹拉身上。他揉搓着它厚厚的白毛。

"你什么时候给这狗起名字?"我问。

埃兹拉弯下腰,小狗不停地舔着他的脸,把他的帽子都碰掉了。

"我正在想呢。"埃兹拉说。

"叫什么？"

"你觉得……小牧怎么样？"

这是他给我起的第一个名字。

我点点头："很棒！"

"小牧！"埃兹拉叫道，"到这儿来，小牧！"

小狗配合地转向埃兹拉，朝他扑过来。

埃兹拉笑了："妮尔，你瞧，它知道自己的名字。"

"你叫什么它都听你的，埃兹拉。你叫它大牧，它也会过来的。"

埃兹拉抚摩着它厚厚的皮毛，把脸凑到小牧的旁边。"好狗狗，好小牧。"他说道。

"喂，我好饿啊。"我说。我注意到了埃兹拉的黑眼圈，他的手在抖。

埃兹拉点点头："我也饿了。"

"咱们得先把你聪明的小狗放到前面的牧场去。来吧，小牧，好孩子。"

我们把小狗关到围栏里，然后爬山回家。埃兹拉伸出手拦住了我。

"等等，"他说，"能不能等一会儿？"

他站在路中央，这是他第一次看这里的景象：

弯弯曲曲的石栅栏把老牧场圈起来，皑皑白雪上倒映着桦树和枫树的斑驳身影。远处的山峰隆起厚实的脊背，抵御着凛冽的严寒。

"我以前去过一个地方，和这里很像，我和几个朋友一起去那儿远足。我再也看不到那个地方了，再也见不到我的朋友了。"

我转向埃兹拉，用手碰碰外公大衣的袖子，随即放下手。埃兹拉在我身旁瑟瑟发抖。

他用双臂环抱住自己，眯起眼看着冷冷的太阳。风吹打着他帽檐下黑色的鬈发，遮住了眉毛上的伤疤。我望着他，呼吸急促起来。为什么一望着他我就心潮起伏？

"那天所有人都死了。"埃兹拉轻轻地说。

"没有，"我说，"你就没死。"

"我死了。"埃兹拉说。

"那今天早上是谁开的卡车？"

"记得吗？"他说，"我是凤凰，在灰烬里重生了。"

我点点头。

"我以前从没见过人死去。"埃兹拉说。

那一刻，我眼前浮现出盖在妈妈脸上的床单，还有外公下葬的情景。我仿佛听到他苍老疲惫的骨头，碰撞着松木棺材发出的声音，那是外公自己做的棺材。

"我知道看着人死去是什么感觉。"我说。

但是,我理解埃兹拉的心情吗?

"我为什么还在这儿?"他问,"几百人都死了,为什么我还在?"

"埃兹拉……"

"我爸爸以前掌管那个核电厂,你知道吗?我们在库克郡什么都有,那时我们过得很好,妮尔,很有钱,拥有很多东西。"埃兹拉的笑里夹杂着自嘲,"现在那些东西都去哪儿了?"

我的目光越过山顶望向远处,一只鹰在高空盘旋。树林里应该有什么动物正在死去。老鹰在等待时机,在空中兜着大大的圈儿盘旋等待。

"我讨厌父亲去工厂上班,我们还为这事吵过。父亲说:'那是我的工作,埃兹拉。不然我怎么养活你和你妈妈?'但是对他来说,那不光是一份工作。他相信他做的事情,相信他能控制住局面,相信他能管得住那些控制局面的人。他真的以为不会有任何事发生。"

我低头看看被踏过的雪地,不知道该说些什么,做些什么。

埃兹拉的牙齿咯咯作响:"我告诉过父亲,万一出了什么问题，发生了事故，他就要负责。因为他接受了核带来的钱，还有核带来的风险，他就要负责。我从没想过真的会……"

埃兹拉的下巴有点儿发抖，他抬起手试图掩饰，"我告诉过他，如果出了事，他会因为这个下地狱的。"

埃兹拉沉默了一会儿。

"出事的那晚，我父亲……他帮了那么多人……帮他们从工厂逃走。他不停地返回去，吸入了更多辐射。

"就算他站不起来了，走路跌跌撞撞，还不停呕吐，他还是想回去。如果我没对他说过那些话……妮尔，如果我没说……他当时可能会走。那天晚上值班的人……有人就走了，跑了。我爸爸可以活下来的。"

我望着白雪覆顶的山丘，轻轻地呼吸，静静地听他讲下去。

"我坐在他的床边，看着他。我得和他说话，我得说……"埃兹拉双臂交叉胸前，"他的皮肤全坏了，都是痂和水疱，就像皮革一样。他什么也没说，我就那么等着。有一天，他终于开口了。但不是对我，是对我妈妈。'米丽娅姆，'他说，'米丽娅姆……'说完就死了。"

我深吸了一口气,冷空气刺得我喉咙痛。

"你有没有想过,他不停地回工厂救人,是因为要对那里的人负责?"我问。

埃兹拉看着田野,耸耸肩。

"埃兹拉,他那天晚上在工厂所做的一切,可能都和你的话无关。"

埃兹拉用手揉揉眼睛:"问题是,妮尔,不管怎么样,我都不能收回说过的话。我一直都觉得是他错了,可我穿的衣服,吃的东西,住的房子都是他赚钱买的,是核带来的钱。"

"埃兹拉……"

"我沾染了辐射,病得很厉害时,我以为见到爸爸了。我想去追上他,他就站在我眼前。我把手放到他肩膀上,他的皮肤就在我手指里脱落了。"

"别这样,埃兹拉。"

我抓住埃兹拉的手腕,盯着他的脸。然后慢慢、慢慢地用双臂抱住他,他把头埋到我的肩膀里。我摘下手套,抚摩着他的背,手指摩擦着外公的大衣,发出吱吱的声响。

"最难的是放下。"我说。

埃兹拉在抽泣,这可能是他第一次抽泣。

"你就像是一只凤凰,埃兹拉。"我说,"你必须克服这些困难,重新飞起来,重新开始。"我不想让他走,但我知道他必须离开。"飞走吧,埃兹拉。"我说,"飞走,重新开始。"

## 22

我和埃兹拉朝房子走去。他的眼睛一直低垂着,拉着我的手却没有放开。

我感受着与埃兹拉的心灵相通。很长时间以来,我都没敢让自己去体会这种感觉。尽管我喜欢这样,真的喜欢,但内心深处,我知道这样做的危险。

埃兹拉的到来,使我不得不继续生活在事故造成的阴影里。而那时,大多数人的生活已经翻开新的一页了。日日夜夜,我都担心他会死在那间屋子里。我试着只过自己的生活,只关心自己的事情。

但那场事故牵扯太多，让我无法置身事外。我周围到处都是埃兹拉的身影，身边的一切都变得和他有关联。

就在一瞬间，那么多人的命运被永远地改变了。埃兹拉感到内疚，因为他花的是核工厂赚来的钱。那么我们其他人呢，是否也同样负疚呢？

发生事故那天晚上，我在外面放羊到很晚。绿草干净茂密，牧场洒满月辉。就在这样一个美妙的夜晚，我干完了所有杂活儿，然后，一切都变了，而我当时一无所知。

如果人们真的明白这场事故有多大，影响有多么深远，就该做点儿什么，现在就做，作出改善，让这样的事故永不再发生。

但是，除非人们经历过埃兹拉所经历的一切，看到埃兹拉所看到的一切，否则他们怎么会明白？又有谁能明白？连埃兹拉的爸爸也不明白，而他对核危险的了解，比我们大多数人知道的要多得多。

那些现在已经明白的人，那些经历过的人，他们又能发出什么声音？他们饱受惊吓，躲在收容中心、医院，还有像我家这样的地方，和辐射病斗争着。他们失去了家园、钱财、权利，谁为他们说话？

房子上空升腾起一团烟雾，我深呼一口气，接着叹了口气。埃兹拉抬头看着天,充满警觉。

"别担心,"我说,"那是外婆在烧柴火。"

埃兹拉握着我的手。他的手很大,很舒服。我们之间有种亲切、熟悉的感觉。我转向他,依稀间,我看到了外公,就穿着那件旧大衣。我调整了一下呼吸,不,这不是外公。

这是埃兹拉·特伦特,他还活着。他的身体还有生命的力量,温暖而坚定,他就在我的身边,头发散发出清新的味道。

"我得再去抱一捆柴。"我说。

"我能帮忙吗?"

我看看他:穿着搭配得怪怪的衣服,鼻子和脸颊冻得通红,口罩挂在下巴上,肩膀因为劳累而低垂着。

"你能行吗?"

埃兹拉做个鬼脸儿:"当然行。"

他开始往怀里捡木柴。

"喂,你少拿点儿就行。"

他不睬我。

男孩子啊!

他还在那儿费劲地往怀里搂柴火,我则从容地把小推车从挂钩上取了下来,装满木柴,这样我拿的就有埃兹拉两倍多了。

"你作弊。"埃兹拉说。

我们两个都拿得太重,走路踉踉跄跄的。我用力推着装满木柴的小推车,顶得骨头疼。

走到厨房,我转身开门,眼角瞥到了一个人影,是蒙茜!她站在车道的那头,她可能看到了我和埃兹拉在外面,想过来探个究竟。

我转回身,装作压根儿没看到她。我有太多事需要考虑,埃兹拉今天已经太劳累了。如果蒙茜再说点儿什么会怎样?我不想和她纠缠。我们刚才没有目光接触,我想应该没关系。

但事情并非如此简单。

## 23

第二天早上,我一路狂奔,差点儿没赶上校车。

蒙茜用书包占满了整个座位,意思很明白,不想让我坐在她旁边。

我朝后排走去。

七年级的露蒂·巴瑞上车了,蒙茜给她让出旁边的座位。一路上蒙茜和露蒂都在讲话。

别管她们,我心想,别管。但我还是忍不住。

"嗨。"我坐进她们身后的座位。车子在布满冰霜的路上颠簸着。

"嗨，妮尔。"露蒂朝后看看，跟我打了个招呼。一般情况下，八年级的学生是不和七年级的小孩子们打交道的。

蒙茜没有回头，我能感觉到她肩膀那倔强的线条。

"听说下午要有场大风雪，明天可能不用上学了。"我说。

"我可不会为此难过。"露蒂说。

"我也不。"我说。

"谁在乎啊，"蒙茜说，"谁管你难不难过。"

"可能没人吧。"我轻轻地说。

"那就别冲我脖子吹气。"蒙茜说，"听见没有？"

"我只是想打个招呼。"

"行了，你打过了。"

蒙茜的肩膀向前弓着，就像一堵蓝色的矮墙。露蒂看上去有些尴尬，她站起来，挪到旁边的座位去了。

我往前靠靠，鼻子里是座位上面的金属杆的味道。

蒙茜又往前挪了挪。

"蒙茜，听我说。"

"看来我非听不可了，是不是？"

"他叫埃兹拉，埃兹拉·特伦特，是被撤离的难民。发生事故以后，他和妈妈没地方可去，外婆让他们搬过来和我们一起住。他病了,病得很厉害。他爸爸因为辐射死了。蒙茜,我只是想帮他,他就是个和我们一样普通的孩子。好多次我都希望你能见见他,你就会知道他并不是个怪物。"

我咬住上唇,叹了口气:"蒙茜,你是我最好的朋友,我不想失去你这个朋友,但是我也愿意和他一块儿玩。他不是个怪物,也不会把辐射传染给别人。"

校车爬上了最后一个山坡,缓缓停在了学校前面的环形车道上。

蒙茜拿起书包,我跟着她下了车。

"妮尔·萨姆纳,你怎么能说我是你最好的朋友?这段时间你一直把他藏在你家,什么都没有告诉我。"

"我不能说,你们都害怕他。"

同学们从旁边经过,好奇地看着我们。

"我以为你和别人不一样,我以为你了解我,懂我。要是你真的了解我,你就不会对我保密。"

"可是我问过你,怎么看待埃兹拉这样的人,你说他们是怪物,让人害怕。蒙茜,我怎么能告诉你?"

"你应该诚实,应该告诉我。"

大部分人都下了校车,进了学校。

"如果你跟我解释……"她说。

"我试过。"我说。

"你压根儿没努力过,你怎么能这么看我,觉得我会嫌弃有困难的人?我,我才是最大的怪物。你凭什么以为我会嫌弃他?"

"对不起。"我说,"但是你爸妈……"

"别提他们。这是你和我的事。你干别的都有时间,有时间放羊、上学,还有时间照顾一个陌生人,我找你玩还得求着你。他来之前,我还是你朋友,现在你有更好的朋友了。他不像我是个怪物,你选了他,还对我保密。你跟所有人一样,把我当外人。"

"我没有,蒙茜。"

但是她说对了,我确实这么做了。我和学校其他同学没什么两样。就好像她没有感觉,没有思想,就好像她压根儿不存在。

铃声响起,我们还站在校园外。

"蒙茜,对不起!我太傻了。"

"你现在知道了?会放羊不等于什么都懂。我信任过你,妮尔。我和你谈过。我还以为,你接受我了,真的接受我了。但是你从来没有,你不可能接受我。"

我看到她眼中的痛苦,是那么真切,愤怒的泪水顺着口罩滑落下来。

"从现在开始别跟着我,听到了吗?别向我示好,别假装喜欢我,别假装你是我朋友。"

巴沙尔先生从我们身旁匆匆走过。

"你们两个还站在这儿干什么呢?赶快进来!你俩最好有假条。"

蒙茜转过身,走进了学校。现在,我知道最糟糕的情况是什么了。人与人打交道最糟糕的情况,就是关系破裂。

## 24

这一天在学校稀里糊涂地过去了。我一心惦记着埃兹拉。

每天下午,他都等我放学回来一起学习,有时候他还大声朗读。和埃兹拉在一起总是那么舒服、那么轻松。

现在,特伦特太太和埃兹拉每晚都和我们一起吃饭。其实,大部分时间都是他们做饭,我们不用再整天吃黏稠的一锅炖了。特伦特太太看上去也不再那么憔悴了。

特伦特太太和埃兹拉还帮我们打扫房间,打扫得很认真。天花板、房梁上的蜘蛛网不见了,他们甚至还把他们居住的那间卧室难看的墙纸换掉了,房子焕然一新。

晚上,我和埃兹拉入睡之后,特伦特太太就和外婆倚在厨房的饭桌旁,聊天、说笑。

听到外婆的笑声,包裹着我心脏的最后一层硬壳也软化了。

一天下午,我一边做美术作业,一边轻轻地哼唱着一首歌。

埃兹拉抬起头,说:"我听过这首歌。"

我停下来。

"接着唱啊,这是什么歌?"

"《温柔的牧羊人》,合唱团教的。"

"你以前给我唱过,我生病的时候,我记得。"

"你才不会记得呢。"

"但是我真的记得。"

我低头看着书,有点儿不好意思。

晚饭的时候,埃兹拉再次提到他记得这首歌。

就这样,我们聊起了音乐。

特伦特太太喜欢音乐,尤其是古典音乐。外婆喜欢乡村音乐，我则喜欢摇滚，我们俩的喜好一定让特伦特太太很抓狂。她来后不久，就问我们有没有多余的收音机。她总在起居室收听一个公共台，那个台的信号时有时无。她还时不时弹弹那架旧钢琴。有时身体不适，就停一停。那架钢琴走音太厉害了。

"您喜欢爵士乐吗？"外婆边问，边往她盘子里加了一勺扇贝土豆。

特伦特太太点点头。

"今晚学校有个音乐会。"外婆说，"妮尔带回了一张通知，我在垃圾桶里找到的。"

"外婆，您不是讨厌学校音乐会吗？爵士乐队一半的人都走了，没什么可听的。"

"说不定埃兹拉和特伦特太太还想去呢。"外婆说。

特伦特太太用餐巾擦擦嘴角。"其实，我非常乐意去。"她用柔和的语气说，"我年轻的时候也唱歌。"有那么一会儿，她把目光落在自己难看的裙子和粗糙的手上。她用修长的手指撩起脖颈上散落的头发，前后活动了下脖子，"出去走走也不错。"

"不过……"我说。万一人们发现他们的来历怎么办？

"这对大家都好。"外婆说。

外婆下定决心了。

我们挤进锈迹斑斑的卡车里,座位实在太小,挤得人都快喘不过气来了。外婆每次换挡,都会撞到我的腿。好不容易到了学校,音乐会已经开始了。找不到连在一起的四个座位,于是我和埃兹拉站到了后面,倚在体育馆的墙上。我暗暗祈祷,希望没人注意到我们。

没想到音乐会竟然吸引来了这么多人,虽然不比以往,但座椅也都坐满了。或许,其他人也像特伦特太太一样,需要出来透透气,暂时忘却烦恼,享受一下音乐。勒兰德和格雷学校的音乐会总是很不错的。

特伦特太太在座位上随节奏摇晃着身体。我望着她,这是她的另一面,我和她朝夕相处,怎么会对她了解这么少呢?

外婆看上去有点儿可怜。这个五音不全的棕发小老太太,裹着外套坐在座位上,盯着光秃秃的天花板。在中场休息时,人们过来打招呼,她把特伦特太太介绍给他们。没人知道特伦特太太是谁,没人知道她的真实身份,没人起疑心。外婆只是说:"这是我朋友,米丽娅姆。"就这么简单。

听完演唱会，我们去了马路对面汤森德商店的快餐店，点了外卖炸薯条。

快九点了，快餐店准备打烊，我们不能在这儿吃了。"可是咱们在车里怎么吃啊？"我问，"那么挤，我连手都抬不起来。"在拥挤的驾驶室里，埃兹拉把薯条抛到空中，再用嘴接住。

我也试了试。

埃兹拉很少接不住，我却把薯条弄得满车都是，座位后面、特伦特太太的头发上，还有一条掉到了外婆的腿上。

埃兹拉和我笑个不停。我们把外婆和特伦特太太也逗笑了。

我们笑得全身疼，蜷缩成一团，可就是停不下来。外婆竟然能安全地把车开回来，真是个奇迹。

我发现自己的薯条没了，就伸手去抓特伦特太太那包没怎么吃的薯条，就像她是自家人一样。

"妮尔！"外婆凶了我一声。

我像被电击了一下，就像摸到了电网。

"对不起。"我把薯条还给特伦特太太。

"拿去吃吧，"特伦特太太说，"看着你吃我更开心。"

不过我还是没有拿，埃兹拉接了过去。不一会儿，他又让我们笑成一团。

接下来那个礼拜，外婆要开车带特伦特太太和埃兹拉去蒙彼利埃见一些州政府的人。他们想看看，怎么能让特伦特太太保住一些钱。

"妮尔，你留下，去上学。"外婆说，"我们上周出去过，大家不能一起去。卡车装不下这么多人。再说，得有人留下看家。"

以前的担忧又重新爬上心头。万一外婆自己一个人回来怎么办？万一埃兹拉和他妈妈找到更好的住处怎么办？万一他们搬到几千里之外的西海岸，或是回特伦特太太在以色列的老家怎么办？她已经收到了家人寄来的第二封信了。

放学后，我回到空荡荡的家里，干干家务活儿，又找了点儿吃的。我想完成一份历史课的小论文，却无法专心。衣柜里挂着几条裙子，我从未穿过。我想起特伦特太太去听音乐会时穿的那条破旧的裙子，想起外婆说我的衣服埃兹拉穿不了，但特伦特太太能穿，便把裙子从衣架上取下来，叠得整整齐齐，又从抽屉里找了些别的衣服。

我轻轻走下楼，把给特伦特太太的衣服放在饭桌上。然后开始找贝雷、凯勒布，或是任何活物都行。可是,这两个家伙早就一起蜷缩在火炉前取暖了,我不忍心打扰它们。

屋外,小牧警觉地坐在后面的牧场上。它才四个月,看上去却像一只满周岁的羊那么大了。

我捅了捅炉火,穿过大厅,把衣服拿到埃兹拉的房间。

光线从走廊透进来,房间里亮堂堂的,窗帘完全拉开。黄色的光束斜照进来,在地上映出明暗相间的影子,床也被晒得暖洋洋的。

我拉开梳妆台最上面的抽屉,看到特伦特太太搬来之后积攒的东西,有几封信装在蓝色航空信封里,信封两个角上盖着邮戳。

我把衣服一件一件放进特伦特太太梳妆台的抽屉里。

我站在埃兹拉的床前,摸着他的被子,以前小牧还在这儿撒过尿呢。

我把一侧的头发往后捋了捋,叹了口气坐到了床角。这个房间的每个角落,都是埃兹拉的身影:专心读书的他,追赶小狗的他,盘腿坐在地上的他,还有敲打着圣诞节罐子的他。

我躺下来,小心翼翼地按照埃兹拉在床垫上压出来的形状,躺进去。我轻轻地转身,把脸埋进他的枕头里,闻到了他头发的味道。

枕套上有一根他卷曲的头发,我捡起来用手指捏住,拂过脸颊、嘴唇、脖子。我闭上眼睛,想象埃兹拉就在我身边,他用手肘支着头,说着话,帮我把头发捋到耳后。我幻想自己在触摸他的脸,指尖仿佛真切地感觉到他的皮肤。我想象着抚摩他凹陷的眼窝,还有那条弯弯的伤疤。

我在那儿躺了很久,全身心感受着埃兹拉。

外婆、特伦特太太和埃兹拉晚饭后才到的家,他们看上去很疲惫。

"怎么样?"我喘着气问。他们开进来的时候,我一直在后面的牧场干活儿。

"基本上是在和我们兜圈子。"外婆说。

特伦特太太接着说:"他们知道了我们住在这儿,会联系的。现在还没有什么结果。希望你能再好心挽留,让我们再住一段时间。"

好心挽留?我从来都不想让埃兹拉离开,也不想让特伦特太太离开。

"还是有一件事有结果了。"埃兹拉说,"我们决定我该回去上学了,勒兰德和格雷学校,妮尔,和你一起。"

"太好了！"我说，其实我并没感觉那么好，"你确定身体能行吗？你看医生了吗？"

我该怎么向别人解释？能像外婆在音乐会上做得那么自然吗？要是他对我不再依赖，我们的关系会发生怎样的变化？

埃兹拉咧嘴笑了："我没事，好着呢。问题是，学校够大吗，能容下我们俩吗？"

"我也怀疑。"我说。

特伦特太太转过身，把手盖到我的手上："要是没有你，埃兹拉不会恢复得这么好，妮尔。"

我摇摇头："我没做什么。"

特伦特太太伸出另一只手，用她修长的手指捂住我的手，接着说："人一生有很多事都要靠自己去做，但这件事不在此列。你帮了埃兹拉，妮尔，谢谢你。"说完，她用双手捧住我的脸，轻轻地吻了吻我的额头。

## 25

我和埃兹拉还没走到马路上,校车就到了。好在蒙茜总是要费点劲儿才能爬上车,司机等着她坐下来。这样我们就有时间跑到桥那边的车站,完成这最后几步的冲刺。

我们经过蒙茜座位的时候,她似乎在忙活着什么。埃兹拉和我坐到了最后面。已经在车上的孩子们对埃兹拉表现出一点点兴趣,仅此而已。一个高年级的女孩儿看了看埃兹拉,朝我点点头。

"她以为我们是一起的。"我在他耳边小声说道。

座位很小,埃兹拉的胳膊压在我肩膀上。他说:"我们不是吗?"

"不是。"

"哦。"

"你以为我们是吗?"我问。"我们都在这儿,我们在一块儿,我们……"埃兹拉耸耸肩。

我不知道他是不是在开玩笑。

我们直接去了办公室,埃兹拉正式报到了。

埃兹拉把从蒙彼利埃带来的文件,还有护士写的条子,交给新秘书弗农先生。

很多学生在盯着我们看。

我带埃兹拉去了他的教室。走之前看了他一眼,他放松地坐在座位上。女孩儿们都盯着他看。

白天我偶尔能看见他在不同的教室间穿梭。他身边总是围着两三个女孩儿,我听见有一个还问他从哪儿来。埃兹拉说:"南边。"那女孩儿没再追问,或许她觉得"南边"这个答案就够了。

回家的路上,埃兹拉把他的长腿伸到座位中间的过道上。他跟我讲了这一天的经历:"我的数学老师看我解出了每周一题,惊讶得心脏病都快发作了。她每周一都在黑板左上角出一道难题,以前从来没人能做出来。"

埃兹拉把他接触的人描述得特别形象,就算他想不起他们的姓名,听了他的形容,我也知道他说的是谁。

有一阵儿,蒙茜转向了我们这个方向。可是露蒂开始和她说话,于是她又慢慢转了回去。

我猜我当时长出了一口气。埃兹拉看看我,又看看蒙茜,又看看我。但他什么也没说。

## 26

这周的每天下午,埃兹拉都要求帮我做家务。这样一天下来,他看上去非常疲倦。我总跟他说不用他帮忙,反正每天晚饭之后,我们都要坐在一起,在饭桌前写作业。

埃兹拉一般都比我先做完。做作业对他来说,总是那么轻而易举。我总是拖拖拉拉,不想做的先不做。而他麻利地做完了数学、英语、科学。

"哈斯金斯小姐想让我们写一封信,写给对自己影响最大的历史人物。"我告诉埃兹拉。

"挺难的。"埃兹拉说。

我们刚学完第二次世界大战,我打算找个跟这有关的人,比如在书中读到的那些集中营幸存者,还有死去的人。

我还在构思着,埃兹拉已经从笔记本上撕下一张纸,拔下钢笔帽儿,写了起来。

"你在干吗?"我问。

"我想和你做一样的作业,跟你做个伴儿。"埃兹拉说。

"你不用写的。"

埃兹拉耸耸肩,继续写下去。

我还在盯着空白的本子发呆,埃兹拉已经写完一页了。他的字写得歪歪扭扭。

"你的钢笔字真难看。"我边说边试着辨认他的字迹。

"随你怎么说。"埃兹拉用手臂挡住不让我看。

终于,我也动笔了。

写完后我开始修改,改改这里,删删那里。

终于,埃兹拉放下笔,抬起头来。

"我能念给你听听吗?"我问,"我选了安妮·弗兰克。"

埃兹拉点头。

亲爱的安妮·弗兰克，你是对我人生影响最大的历史人物。尽管你从来没机会长大，但你教给我的东西，比那些年龄大你一倍的人还多。你的死去，让我看到了偏见和战争的可怕。

我看看埃兹拉，他的手握成拳头，撑着下巴，整个人靠在饭桌上。

"我佩服你的勇气和你的，你的……"我突然认不出自己写了什么，"你的……精神。"

凯勒布踱了过来，把爪子搭在油布上，头靠在埃兹拉的腿上。

你和你的家人生活在恐惧中，每时每刻，无论昼夜，没有一刻是轻松的。但是你们坚持着，你们互相帮助。有时候你们也会惹彼此生气。这我能理解。

我想到了外婆，想到了埃兹拉和他妈妈。

你是个平常的女孩儿，却被迫进入一个不平常的环境里。你的死时刻提醒着我们，你为什么而死。

我深吸一口气："怎么样？你觉得怎么样？"

埃兹拉凝视着前方，我在想他是不是一句都没听进去。

"写得很好，妮尔。"他终于说话了，就像刚从梦中睡醒。他的眼睛仿佛不习惯灯光似的眨动着，可明明灯一直就开着。"写得很好。"

埃兹拉看上去很奇怪，好像什么事让他伤了心。他突然站起来，把他写的东西搓成一团，扔进了垃圾桶。

"埃兹拉。"不知道为什么，我的心开始狂跳，我希望它能平静下来。是我写的东西让他难受了吗？我可没想让他难过，"埃兹拉，有些我描述安妮·弗兰克的话，其实我也想同样描述你。关于勇气和精神的那些，我觉得她有的你都有。"

"是不是只有死去，人们才不会忘记我是为什么而死？"

"不是这样的！"我喊道。

"我累了，妮尔。"埃兹拉走了，甚至连晚安都没说。

"等等！埃兹拉！"我追出去，在走廊拦住了他。

埃兹拉抬起头。

"对不起，我写的东西让你难受了。"

"没关系。"

"晚安，埃兹拉。"

"晚安。"

我觉得嘴巴很干，我重新回到厨房，坐着等着。等到确认他今晚不会再出来了，我起身走向垃圾桶，翻找着，找出了那个纸团。

回到卧室，坐在窗台上，我把贝雷抱在腿上，小心翼翼地打开那团纸，抚平埃兹拉的信。

亲爱的妮尔：

我还记得第一次见到你的时候，你的头发里夹着风和阳光，散发着秋天和羊群的味道。那时你不想让我住在这儿，尽管你从来没这么说过。你不用说话也能表达很多意思。这是你们家的习惯，是你从你外婆身上学到的。

你就像带领羊群那样，耐心、温柔地帮助我重新找回健康。简而言之，你为我创造了生存空间。

我生病的时候，你照顾我，喂我吃东西。哪怕认为我听不见，你也唱歌给我听。我是个陌生人，是个威胁，可你还是为我做了这么多。

我看着自己粗糙的手，我手里的信他也拿过。

我有些哽咽。

和羊群在一起的你是最开心的。你教我开卡车，教我享受阳光，学会重新呼吸。你教我如果不能改变就要懂得看开。你原谅我，接受我，从不指手画脚。你给了我坚持下去的理由。再没有什么人会对我的一生产生更大的影响了。谢谢你，妮尔。全心全意地谢谢你。

你永远的，<br>埃兹拉

我又读了一遍，又一遍，然后再一遍。一直读到它变成我身体的一部分，长在我的心里。

永远的埃兹拉。

## 27

埃兹拉上学后的第二个礼拜,积雪就开始融化了,这比往年要早一些。树坑变成一摊摊积水。每天下午,通向我们家的那条土路就会变得泥泞难行,晚上又重新冻上。路面上,满是一道道被轮胎压出来的车辙。白天,屋外的积雪融化成涓涓水流,屋内则被阳光晒得暖洋洋的。

有天下午,我和埃兹拉下了校车,沿着泥泞的山路回家。蒙茜慢吞吞地跟在后面。我们走到一半的时候,看见瑞普雷·鲍尔斯从小树林里钻了出来,他和埃兹拉保持着一段距离。瑞普雷可有一阵子没去上学了。

"妮尔,你要干吗?拿一个怪物换另一个吗?"

我先看了看跟我并肩走着的埃兹拉,又回头看了看蒙茜,她正吃力地爬上坡来。

"不要理他。"我对埃兹拉小声说道,但还是放慢了脚步。我不想把蒙茜独自落在后面,无人保护。

"他是个怪物!"瑞普雷一只眼睛瞪着埃兹拉,另一只有毛病的眼睛眯成一道缝,"你以为我傻,我一看就知道他是被疏散来的。他们都一副瞧不起人的样子。他就是波士顿那一拨的。我知道你要干什么,不就是想跟他生几个小怪物吗?"

我眼前突然一黑,什么都看不见了。

"够了!"我声嘶力竭地喊道。

我把书包往地上一扔,冲向瑞普雷·鲍尔斯。

怒火如黑色的蒸汽,从我的身体里爆发,我双手不停地击打着瑞普雷,他的骨头很硬,打得我两手发烫。

瑞普雷矗立在我面前,伸直胳膊抓住我,让我够不到他。他脸朝下盯着我,大笑起来。

就在这时,我看见埃兹拉向瑞普雷冲过来。

瑞普雷结实得像颗子弹头,又冷又硬。

我记得以前曾想过,如果我、埃兹拉还有蒙茜一起上,我们就能打败瑞普雷。现在我明白事情不是我想的那样,埃兹拉根本不会打架。

就算蒙茜也过来帮忙,我们也不可能打败瑞普雷·鲍尔斯。

埃兹拉一靠近,瑞普雷便把我推到一边。

他摆出的架势,好像这辈子都在等待埃兹拉靠近的这一刻。

瑞普雷只一拳就轻而易举地把埃兹拉放倒了,接着他推了埃兹拉一把。埃兹拉脸朝下栽进泥里,连一次正儿八经还击的机会都没有。瑞普雷把埃兹拉翻了过来。

"快住手!"我尖叫道,"瑞普雷,住手!"

瑞普雷一拳接一拳揍向埃兹拉,埃兹拉开始流血。

我从背后拽着瑞普雷,想把他从埃兹拉身上拉开。但他头发太短,根本抓不住。他用肩膀猛地顶了我一下,我原来抓着他外套的手被迫松开。

"别打他,瑞普雷!"我尖叫道。

血从埃兹拉的鼻子里喷出来。

我用拳头捶着瑞普雷的脑袋、脖子和后背。他使劲把我推到一边,我一下跌进河岸旁长满尖刺的灌木丛里。

埃兹拉的血越流越多，嘴里、耳朵里，都开始流血。

"看看你把他打成什么样了，瑞普雷？"我喊道，"你会杀了他的。住手！住手！"

但是瑞普雷不肯罢手。

"他不就是那些怪物中的一个吗？我早就知道你让他住在你家，和你一起睡觉。我一直都知道。我们这个世界可不需要怪物。"瑞普雷边说，边不停手地击打埃兹拉。

我尖叫着，扑到瑞普雷身上，对着他的耳朵、脸颊和眼睛又抓又挠。我肯定是抓到了他那只坏掉的眼睛，他痛得大叫了一声，从埃兹拉身上跳开，抓住了我的手腕。

他把我推到泥里，拧着我的胳膊。他的眼神让我害怕极了。

"我的狗昨天又不见了。"

我以前从来没有听过瑞普雷用那样的声调说话，异常沉静。我的胃又烧又胀，食物都涌到了喉咙。瑞德·杰克逊已经抓住泰若斯了吗？

"你自己应该把它拴好。"我喊道，"你的狗跑了不是我的错，也不是埃兹拉的错。"

"你知道是谁发现的它吗？是士兵，在死亡禁区边界上。"汗从瑞普雷的脸上淌下来，滴到我身上。我咬紧下颚，努力不吐出来。

"泰若斯死了。"瑞普雷说。

我把手插进厚厚的泥里，想从他身下钻出来。我已经喘不上气了。

"泰若斯死了。"瑞普雷粗声粗气地说。他哭了起来。瑞普雷·鲍尔斯哭了。

"是核辐射杀了它，普伦提斯医生把它解剖了。现在规定发现动物尸体都要解剖，你知道吗？事故发生都四个月了，都是他的错。"瑞普雷把头猛地转向埃兹拉。埃兹拉躺在泥里，一动不动，血流不止。

"都是他的错。"

我感觉他的体重快要把我压垮了，我的骨头要被压碎了。我拼命抓着地上的烂泥，想要挣脱。

"放开我！"我喊着，挣扎扭动着，"放开我！"

瑞普雷瞪着我。

"我不能喘气了！"我叫道。

突然，瑞普雷向前倒去。刚才他还愤怒得全身僵硬，这会儿就一下子垮了，从我面前滚了下去。我不知道究竟发生了什么事。

我在路中间坐起来，浑身发抖，大口喘着气。

我看见埃兹拉躺在泥里,脸上全是鲜血。

我还在想,会不会是埃兹拉从瑞普雷手中救了我。现在我知道,那不可能。

埃兹拉不可能把我从任何人那里救出来。

是蒙茜救了我。

她的口罩布满了泥巴,挂在脖子上,一只手拎着书包。刚才,她就是用这个沉甸甸的书包砸向了瑞普雷的脑袋。

瑞普雷痛苦地呻吟着。

几米开外,埃兹拉想要站起来,却爬不起来。

"蒙茜,帮我把埃兹拉扶回屋里。"

蒙茜一刻都没有犹豫。

我们把埃兹拉从泥地里扶起来,把他架在中间,他紧紧倚靠在我们身上,就像当初靠在外公的拐杖上一样。

他脸上的血流个不停。

突然,凯勒布蹦跳着跑过来,小牧则疯狂地汪汪叫个不停。小牧以前从没跳出过围墙。接着,外婆和特伦特太太也出来了。

她们把埃兹拉扶到后面那间卧室,想要把血止住,但血还是流个不停。

"给我拿些毛巾来。"外婆指挥我说。

我冲到柜子前,两手抖个不停。外婆拿到毛巾,把我从埃兹拉的房间撵了出去。

"你们两个小姑娘都去洗洗,我在这边就行了。"外婆说道,"蒙茜,别一身血糊糊地回家,让你爸妈看见了不好。"

我们朝厨房走去,蒙茜走在前面,打开门,往外面的路上看了看,说:"瑞普雷不在那儿了,八成是爬回他的洞里去了。"

"我不该惹他。"

"他自找的。"蒙茜说,"自从我住在这儿起,他就不停找碴儿。"

"可是因为我,看看埃兹拉伤成什么样了。"

"你外婆会照顾他的。"

她说话的语气,就像我俩之间从未闹过矛盾。

我们一起去浴室把手上、脸上的泥巴和血迹洗掉了。"去楼上吧,"我对蒙茜说,"给你找件干净衣服。"

"好像你的衣服我能穿似的。"

"好吧,那去外婆屋里给你找件衣服穿吧。"

我们来到外婆的房间。我平时很少进来。屋里空荡荡的,只放了张双人床,一个五斗橱,一个衣柜,还有一把直背椅子。地上没铺地毯,只在床上铺了张棕色的毯子。唯一的装饰是一张发黄的照片，那是外公的婴儿照。

我不知道外婆的衣服放在哪儿，但我不想一个抽屉一个抽屉地去找，于是就打开了衣柜，它的味道很好闻，是杉木的味道。

窗户透进的一点点光亮，不足以照亮房间，我只好把衣柜门再拉开些。我以为能找到外套、毯子或者旧裤子什么的，但都没有。

我在衣柜里找到了一个洋娃娃，头发差不多掉光了，穿着灰蓝色的罩衫，脚脖子上用橡皮筋捆住罩衫的底边，小衬衫上点缀着粉色的小花。洋娃娃就摆在柜子下层的隔板上。

这是我的旧洋娃娃。

我拿起她，把她剩下的几根蜜棕色的头发朝后捋了捋。

"你外婆还玩洋娃娃？"

这是我们家的事，我一点儿都不想说。但是现在是时候告诉蒙茜了。

"这是我小时候玩过的洋娃娃，妈妈死之前给我的。"

"这么多年了，你外婆还一直留着它，你都不知道吗？"蒙茜问。

我摇了摇头:"我把它扔了。"

我把洋娃娃放回原处,刚要关上衣柜门,蒙茜拉住了我。她把手伸进去,掏出一张老照片。

"这是谁?"她问道。

她把照片递给我。

照片里,一个瘦削、朴素的女人,站在一个男人旁边。那男人深色的眼睛,方方的下巴,穿着沾满泥巴的靴子,盯着照相机的神态颇不自在。女人侧着脸,朝腿上坐着的婴儿微笑着。阳光从他们身后的窗子斜照进来。快门按下的一瞬间,婴儿肯定动了一下,因为她的笑脸模糊成一团,几乎把他们连在了一起。身后的墙上,贴着金绿相间的壁纸。

这些我都记得。我不光记得这张照片,还记得拍照的那个瞬间。

"这是我妈妈。"我指着那个瘦瘦的女人,接着说,"这是我爸爸。"我摸了摸他的白衬衣,袖口和领口的扣子都没有扣上。

"这是我。"我摸了摸照片里的小婴儿,"那是我的小床。以前我有时候在后面那间卧室里睡觉。"

我把照片放到洋娃娃旁边,轻轻地关上衣柜门,然后拉开了梳妆台的抽屉。

"穿这个吧。"我掏出一件工作服衬衣和一条裤子,"外婆不会介意的。"

我往回走,走过厨房,穿过大厅,趴在埃兹拉房间的门口听了听。外婆正慢声细语地说着话。她会有办法的,她总是有办法的。

伴着外婆时高时低的说话声,我和蒙茜悄悄回到我的房间。我俩把沾满泥巴和血渍的衣服脱下来。蒙茜脱衣服的时候,我没有把目光移开。我想看着她。而她也这样看我的时候,我努力地让自己不回避。

有那么一会儿,我好像听见了卡车空转的声音,但是蒙茜一直在说话,她声音很尖。我疲惫不堪,全身麻木,周围的一切仿佛都越来越慢,越来越不真实。

我看了看胳膊和腿上的木刺划痕,都肿成了一道道红印子,有的地方还在流血。

我套上牛仔裤,穿上干净的套头衫,头发都被泥巴粘到一起了。

"我去洗洗头上的泥,再去看看埃兹拉怎么样了。"
"去吧。"蒙茜说。
"你也一起来吧?"我问她。
蒙茜看着我,慢慢展开笑容。
"谢谢你让我一起去,不过我还是回家吧。你也知道我爸妈很担心我的。"

"蒙茜？"

"嗯？"

"谢谢你。"

蒙茜咧嘴笑了。我好久没看到她的笑容了。她把眼镜顺着鼻梁往上推推，摇摇晃晃下了楼。

我跟在她后面下楼，身上的每块肌肉都疼得要命。

"你还是戴上口罩吧。"我站在厨房门口，对她说。

"都沾满泥巴了。"蒙茜回答说。

"你想让我送你回家吗？"我竖起耳朵，想听听埃兹拉房间里有什么动静，却什么也听不到。

"不用了，谢谢。"蒙茜说。

她一走，我就感觉恐惧顺着脊梁骨一节一节往后背上爬。屋里太安静了。

我冲进后面那间卧室——没人！卫生间里只有浸满血的毛巾。

我冲到屋外。

外婆的卡车不见了。

他们走了，丢下我走了。

外婆怎么能就这么走了呢？她怎么能不跟我说一声，就把埃兹拉带走了呢？

我在屋里焦急地来回踱步，从这头走到那头。我把沾上血的毛巾捡起来扔进浴缸，用冷水泡着。

我拖着沉重的脚步走出卫生间，开始心不在焉地收拾家务。

别的活儿都干完了，我又开始劈柴。我得让自己一直有事做，这样才不会胡思乱想。但是我真的一点儿力气都没有了。

我把斧子放下，坐在大大的树桩上，盯着空荡荡的房子发呆。

# 28

我已经在外面待了几个小时。天很冷,一股寒气从胃里向外蔓延。他们随时会回来,随时。但是,一直也没有车灯把门前的路照亮,也没有卡车哐当哐当地开过桥,从烂泥里碾过,艰难地爬上小山坡来。

偶尔传来几声狗叫。可能是泰若斯。不,不是泰若斯,它已经死了。

凯勒布蹲在我旁边。贝雷刚才跑了出去,现在,在黑暗中,它正在某处悄悄地爬向自己的晚餐。它会不会也像泰若斯那样,吃进有辐射的东西?贝雷也会死吗？

远处传来脚步声，踩着被冻硬的泥地一路走过来。我坐在树桩上没动，只是把手放在斧柄上。我不会让瑞普雷再靠近自己，绝不。

过了一会儿，我辨认出了那个步伐的节奏，不是瑞普雷。我的手松开了。

不是瑞普雷。

是蒙茜。

"我在这儿呢。"我喊了一声。

蒙茜蹦跳着跑过来。

"你在外面干什么？"

我告诉她，埃兹拉、外婆还有特伦特太太都走了。

"他不会有事的。"蒙茜说，"你知道他不会有事的。"

但是蒙茜不能保证他一定没事，谁也不能保证。我亲眼看见过埃兹拉在死亡边缘挣扎，就像外公和妈妈一样。人有时不得不放手。这回，埃兹拉可能也要放手了。

蒙茜把我领回屋里，炉子已经灭掉了。

"我可不怎么会生火。"蒙茜一边说，一边拿根棍子拨拉着炉灰。

我把引火柴点着，蒙茜在旁边用电炉子热着咖啡。

"喝点儿这个。"蒙茜把一杯加了奶油和枫糖浆的热咖啡塞到我手里。

我喝不下,也坐不住。就好像这屋里有什么东西跟在我身后,我要是坐着不动,它就会一下子把我捉住。

"我得出去。"我边说,边把咖啡放下,一口也没喝。

"想去我家吗?"

"不,不去你家。跟我来。"

我带着蒙茜来到拖拉机棚。

我摸着拖拉机,手滑过它光溜溜的表面,硬邦邦的座椅。它的冰冷刺痛我的皮肤。

那个辐射探测器就挂在墙上。木头壁架上放着我的那些表,表针静静地发着光,一刻不停地释放着丝丝点点的辐射。

我把前前后后发生的一切,一股脑儿全倒了出来,蒙茜只是听着,一句话也没说。

我领着她穿过牧场,在黑暗中寻找埃兹拉第一天出来时,我和他曾走过的路。蒙茜和我在积雪中踉跄着前进。"这路对你来说太难走了。"看着她吃力地想跟上我的步伐,我说道。

"干什么都难。"蒙茜回答。我在半路停下脚步。

"他要是死了怎么办?"

"他本来也要死的。"蒙茜说,"他们很多人都会死。医生好几个月前就说过,哈斯金斯小姐也是这么说的。"

"他本来不会死的!"我尖叫道。

"会的,我们都会,妮尔。"蒙茜说,"你现在还没明白吗?我们迟早有一天都得离开。"

我看着月光下的蒙茜。她是怎么知道的?

我一直以为自己比她坚强得多,聪明得多,优秀得多。

"咱们回去吧。"我说,"你冻得都哆嗦了。"

我放慢脚步,和蒙茜一块儿慢慢走着。夜空下,我俩拉长的影子映在起伏的冰面上。

我们一起坐在劈柴用的树桩上,瑟瑟发抖,等着。

"你看,妮尔。"蒙茜说,"咱俩要是冻得生病了,一点儿好处都没有。你干吗不回屋躺会儿?你外婆回来会叫醒你的。"

"那你呢?"

"我可以留下来陪你。"

"你爸妈会担心的。"

"他们知道我在这儿。"

我感到蒙茜在我身边抖得厉害。"外婆为什么不告诉我她要出去?为什么不带着我?可能我也想跟着去,可能我只想说声'再见',就说声'再见'。"

"你外婆做事有自己的一套,跟你一样,妮尔。你俩都挺有主意的。"

我伸出手碰了碰蒙茜的胳膊。这时,车灯渐渐映亮了门前的路,车子缓缓开过来了。我听见了卡车减速的声音。

蒙茜和我站了起来,迎着刺眼的灯光等待着。

## 29

新叶在四月暖暖的阳光里舒展开来。外婆开着卡车,沿着起伏不平的霜冻路颠簸前行。州政府既没钱修路,也没钱给修路工人发工资。

我怀里抱着一个礼物,礼物用大理石花纹的包装纸包着。

"你看了心里会难过的,妮尔。"外婆提醒我说。

"这都是瑞普雷造成的。"我恨恨地说。

外婆摇摇头:"不是的,妮尔。瑞普雷打他之前,埃兹拉就已经得了白血病,所以才流血流得那么厉害，不是因为瑞普雷打他。是库克郡的核辐射把他弄成了这样，不是瑞普雷。埃兹拉受到了核辐射，才会得这种病，而且恶化得很快。说起来，瑞普雷其实帮了埃兹拉。要不然，不知道埃兹拉多久才会告诉咱们，他生病了。"

外婆在访客停车区停下车，我们走进医院。

进楼后，我们先到了前台。

埃兹拉住在804病房。一出电梯，便有股味道扑面而来，我的鼻孔不由得一缩。医院整体看上去很洁净，但是隐隐有一股味道，让人闻到就想转身逃走。

顺着走廊，我挨个儿往每个病房瞥上几眼。病号们或坐或躺在洒满阳光的病床上。他们有的跟我年纪相仿，有的比我大，有的比我小。这是癌症病房，里面已经住满了人。

804病房的窗帘拉得严严实实，但我还是在昏暗中认出了特伦特太太。她坐在埃兹拉床边，盯着对面的墙。她穿的那条裙子是我的，外面罩着的毛衣是外婆的。

我们进去的时候，特伦特太太抬起了头。她眨了眨眼，望了我们一会儿。突然，她站起来，张开胳膊。我朝她走了过去，就像小羊羔走到母羊身旁。

她身上的味道包围着我。

埃兹拉躺在床上,眼睛闭着,头上绑着一块头巾,图案像是美国国旗。他的两只大手放在被单上。

我往后退去,盯着病床上躺着的人——他不可能是埃兹拉!但是我看到了那道伤疤。

"埃兹拉。"特伦特太太唤道。

他半睁开眼,眼神很疲倦,失去了神采。

外婆拉着特伦特太太的手,两人一起走出了病房。

我坐进床边的椅子。

"给你的礼物。"我把包好的礼物递过去,他虚弱得根本接不住。

"我帮你拆开好吗?"我问。

我把大理石花纹的包装纸拆开。我的手抖个不停,包装纸被拆得乱七八糟。

里面是一本书——《地铁求生121天》。我在扉页写了赠言:

送给埃兹拉,妮尔

我把书翻到第一页。其他病房的窗帘都拉开了,唯独这间没有。春天的暖意和希望被窗帘挡在了外面。病房里光线很暗,根本没办法读书。

我记起第一次给埃兹拉读书时的场景。那时，我是那么确定他会死在后面那间卧室，就像妈妈和外公那样。从那以后，一切都变了，但到头来又都没变。

我试着读起来。埃兹拉的手缓缓地挪动，艰难地从被单上伸过来，穿过床边的栏杆，碰到我的胳膊。对他而言，这段距离很远，也很痛苦。

他的手虚弱地握住我的手腕，示意我停下来。

我的喉咙有些哽咽。一片寂静中，我听见自己心碎的声音。

埃兹拉时睡时醒。我坐在那儿，就让自己这么看着他，体会失去的痛苦和离别的悲伤。

他的鼻孔插着一根管子，每隔几秒就输一次氧。我数着：一、二、三、四、五、六，噗——一、二、三、四、五、六。

"你最近怎么样，小牧？"埃兹拉声音很嘶哑，语句勉强从喉咙中挤出来，吐字含混、无力。

我点点头，强迫自己回答："你错过母羊产崽了，埃兹拉。什么样的牧羊人会错过这个？那可是最棒的事。"

再度陷入寂静。我知道病房外肯定有声音，生命的声音。可为什么我听不到?

"我一直在想,"埃兹拉说,"安妮·弗兰克。"

我打断他,"已经是春天了,埃兹拉。"

"也许,"埃兹拉说,"也许……他们也会记得我。"

我不能告诉他,他已经被外面的世界遗忘了。

"外面的核辐射怎么样了?"

"还好。"我说,"还好。"

"拉开窗帘。"他轻声说道。

"什么?"

我把耳朵凑到他唇边。

"拉开窗帘。"

他的手攥紧了我的手腕。

"但是……"

"再没什么好怕的了。"

我拉开窗帘,康涅狄格河的美景就在眼前,阳光洒在他的床上,病房里光影交错。

埃兹拉叹了口气:"我一直在等你,妮尔。"

"我这不是来了吗?"我坐回到床边,轻轻地握住他的手,"之前外婆不让我来,说那样不好。也不知道是对你不好,还是对我不好……"

埃兹拉想笑,但只发出微弱的声音。

"我能帮你做点儿什么吗?"

埃兹拉摇摇头:"还记得那个晚上吗——安妮·弗兰克?你读了我的信?"

我点点头。

埃兹拉的脸上浮现出浅浅的笑容:"很好。"

他睁开眼睛,目光久久地停在我的脸上。

我俯在床边的栏杆上,用指尖轻轻地摸了摸他的头巾。

"把它拿掉。"埃兹拉轻声说。

我小心翼翼地把那块鲜艳的头巾拿了下来,露出几绺软软的头发。埃兹拉以前那浓密的鬈发只剩这么几绺了。我碰碰他的头,又摸了摸他凹陷的眼窝。他的骨头摸上去那么脆弱,只剩一层皮肤包裹着。我一直都想摸摸他的脸。我的手指轻抚他的脸颊,碰到那道伤疤,停在了那里。

埃兹拉合上眼,浑身发抖。眼睑下隐约现出深紫色的暗影。

"我累了。"他说。

"我知道。"

"妮尔,我得走了。"

"我也知道,埃兹拉。"

"你会好好的吧?"

"嗯。"

他点点头,眼角闪着泪光。我用手指沾了沾,让他的眼泪浸入我的肌肤。

我用一只手托住他干瘦的手指,另一只手从上面盖住,仿佛要投入我全部的生命,紧紧握住他。

他再也没有睁开眼睛。

外婆和我走回卡车那儿,彼此保持着距离,谁也不敢碰谁。

"为什么?"我问,感觉自己的声音那么不真实。

"妮尔,我不知道。"外婆驾驶着卡车回家。

"但以前也发生过事故,在别的地方,有人知道的。"

"那时知道的人还不够多,现在有更多人知道了,可能已经足够多了,会有人采取行动的。"

我想起刚出事的时候,人人都在谈论。但现在,又有更重要的新闻了,就像库克郡的事故从来没发生过似的。大家怎么能就这样忘了?

哈斯金斯小姐说过,我们所有人都会受到影响。事实果真如此,但生活还是依旧如常。

"您真的相信吗?"我问,"会有人采取行动吗?"

"嗯。"外婆说,"但可能,妮尔,你就是那个需要行动的人。"

哈斯金斯小姐希望我们班的同学写信。那时我不知道该写些什么。我现在写，能改变什么吗？

"对埃兹拉来说太晚了。"我说。

但对我们其他人还不算太晚。

回到家，我们看到小牧，它正在大路边那块平坦的牧场上看护着羊群。

"我在这儿下车。"我对外婆说。

雷米姑父站在前面的牧场上，身边围着小羊。他看上去气色不错。他、梅姑妈还有贝姗妮都搬来了，住在后面那间卧室。贝姗妮正在康复，一点儿一点儿地慢慢恢复。

雷米姑父上个月同意搬过来住，帮外婆一起干开春的农活儿。他们家其他孩子去了雷米姑父的兄弟家暂住。

我走上前去，小牧规规矩矩地坐好。

我们把它训练得很好。

我翻过围栏，跪下来，把头埋进它的身体。

它身上再没有了小狗的气味。只有野外的气味——青草和松树，种子和风，还有绵羊油乎乎、软绵绵的气味。

小牧的鼻子在我手上、胳膊上、腿上蹭来蹭去。

它在我身上嗅到了埃兹拉的气味。它四处找着,把我每一个碰触过埃兹拉的地方都闻了一遍。

我跪在那儿,把它的大头揽到怀里。阳光照在我的睫毛上,我的视线变得模糊起来。

在高处的小树林边上,蒙茜出现了。她静静地朝我挥了挥手。我迎上前去,也朝她挥了挥手。

图书在版编目(CIP)数据

妮尔的天空/(美)凯伦·海瑟著；齐婉婷译.--2版.
-- 南昌：二十一世纪出版社集团，2023.2
（麦克米伦世纪大奖小说典藏本）
ISBN 978-7-5568-5734-0

Ⅰ.①妮… Ⅱ.①凯…②阿… Ⅲ.①儿童小说—长篇小说—美国—现代 Ⅳ.①I712.84

中国版本图书馆CIP数据核字(2022)第152820号

PHOENIX RISING
First published by Henry Holt and Company, LLC
PHOENIX RISING by Karen Hesse
Copyright ©1994 by Karen Hesse
All rights reserved.

版权合同登记号 14-2012-405

## 妮尔的天空
### NIER DE TIANKONG

[美]凯伦·海瑟 著 齐婉婷 译

| | | | | |
|---|---|---|---|---|
| 出 版 人 | 刘凯军 | 责任编辑 | 费 广 | |
| 特约编辑 | 李佳星 | 美术编辑 | 费 广 | |

出版发行　二十一世纪出版社集团（江西省南昌市子安路75号　330025）
网　　址　www.21cccc.com
经　　销　全国各地书店
印　　刷　河北鹏润印刷有限公司
版　　次　2014年7月第1版 2023年2月第2版
印　　次　2023年2月第1次印刷
开　　本　880 mm×1230 mm 1/32
印　　张　7.75
字　　数　130千字
书　　号　ISBN 978-7-5568-5734-0
定　　价　30.00元

赣版权登字-04-2022-762　版权所有，侵权必究
购买本社图书，如有问题请联系我们；扫描封底二维码进入官方服务号。服务电话：010-64462163（工作时间可拨打）
服务邮箱：21sjcbs@21cccc.com。